岩波現代文庫／学術 345

〈物語と日本人の心〉コレクションⅡ

物語を生きる

今は昔、昔は今

河合隼雄
河合俊雄［編］

岩波書店

目次

第一章　なぜ物語か

心理療法の世界

これから「物語を生きる」と題して、日本の王朝物語を取りあげて論じることにした。国文学も国史も専門ではない筆者が、わざわざ日本の物語について論じるのは、どうしてなのかについて、最初に少し述べておくべきであろう。

筆者の専門は臨床心理学で、もっぱら心理療法のために力をつくしている。最初は、自分の行なっていることを可能な限り「科学的」にし、信頼できるものにしたいという気持が強く、そのために努力を続けた。そのように努力しながらも、やはり一番大切なのは、来談された人にどうするのが最も役に立つことか、ということであった。後者の方を中心に据えて仕事を続けているうちに、自分の仕事は、**従来**の科学的方法とは異なるものにならざるを得ないことを徐々に自覚してきた。

そのように考える機縁は多くあったが、その一例をあげる。われわれの領域にも学会がある。学会においては、科学的、客観的な研究発表が望まれる。したがって初期の頃は、もっぱらそのような発表がなされた。それを繰り返しているうちに、そのような発表よりも、ひとつの事例に関して徹底的に追究した「事例研究」の方が、聴いている者に非常に役立つことがわかってきた。これは、他の「科学的」な分野における、「一例報告」と意味が異なることが経験的に明らかになってきた。つまり、一般的には、一例報告というのは、そんな特別なこともあるのかという意味で、今後、そのような特別な例に当たったときに役立つ、ということである。ところが、われわれの行なっている「事例研究」は、もっともっと広い意味で役立つことがわかってきた。

たとえば、ある人が「不安神経症」の事例研究を発表すると、それを聴いた者は、それが自分の担当している不登校の子の心理療法に役立つのを感じる。女性の事例なのに男性の例に対しても役立つ。それは「一例」でありながら、実に普遍的に役立つのである。そのときに、自分もこのようにしようというだけではなく、あらたに取り組んでいく意欲が湧いてくることもある。

これはどうしてだろうか。一番端的な答えは心理療法においては、「人間関係」が重要な要素をなしていることである。従来の自然科学の場合、研究者は研究する現象と関係を切断しなくてはならない。関係のないところで客観的に研究するから、結果は普遍性をもつ。心理療法家が来談したクライアントと「関係を切断」して話を聞いていたら、それは続かないであろう。とすると、その「関係」はどんな関係なのか、その関係はどのように変化していくのか。治療者とクライアントとの関係が大切と言っても、クライアント自身も家族や友人や同僚や、関係のネットワークのなかにいるではないか。それに二人で「話し合う」と言っても、その間に治療者の心の状態や身体の状態も変化するし、深層心理学者の言うような無意識も関係してくると考えると、その関係は複雑極まりないものになってくる。

このような関係をすべて考慮しつつ、その関係の総体のなかに筋道を見出して、治療者とクライアントが治癒への道を歩む。その発表を聴いていると、聴く者にとって、いろいろな関係の在り方についての反省や発見が起こり、それは事例の具体的事実を超えて役立つものになる。このようなことが明らかになって、われわれの学会では事例研究を非常に重視することになった。ついでに一言つけ加えておくと、このようにしてから、学会で発表を熱心に聴く参加者が非常に多くなった。すぐ役立つのだから当然である。

事例研究の重要性を体験的に知ったのだが、ユング派の分析家、ジェイムズ・ヒルマンが事例研究の本質はストーリー・テリングであると主張しているのを読み、はっと、蒙を啓かれる思いがした。それは物語りなのである。人間は自分の経験したことを、自分のものにする、あるいは自分の心に収めるには、その経験を自分の世界観や人生観のなかにうまく組み込む必要がある。その作業はすなわち、その経験を自分に納得のゆく物語にすること、そこに筋道を見出すことになる。筋(プロット)があることが、物語の特徴である。事例を「報告」しているとき、ただ事実を述べているように思っていても、それが治療者の心のなかに収まる筋道をもっているという点で、それは知らず知らずのうちに、ストーリー・テリングになっているのだ。

こんな考え方をしていくと、そもそも心理療法というのは、来談された人が自分にふさわしい物語をつくりあげていくのを援助する仕事だ、という言い方も可能なように思えてくる。たとえば、ノイローゼの症状に悩んでいる人にとって、その症状は自分の物語に組み込めないものと言っていいのではなかろうか。たとえば不安神経症の人は、その不安が、なぜどこからくるのかわからない故に悩んでいる。その不安を自分の物語のなかにいれて、納得がいくように語ることができない。そこで、それを可能にするためには、いろいろなことを調べねばならない。自分の過去や現在の状況、これまで意識することのなかった心のはたらき、それらを調べているうちに、新しい発見があり、新しい視点が獲得される。その上で、全体をなるほどと見渡すことができ、自分の人生を「物語る」ことが可能となる。そのときには、その症状は消え去っているはずである。

自分の人生の物語という考え方をすると、それは一人ひとり異なるはずである。しかし、そこにある程度のパターン化が可能になる。そんな点で、われわれ心理療法家は、ある程度、いろいろな物語やそのパターンを知っている必要がある。こんなところが、筆者が物語に関心をもった理由の大きい部分である。

人間は物語が好きである。人間が言語を獲得したときから、おそらく神話が生まれたであろう。それと共に人々が語り合った話は、「昔話」や「伝説」として伝えられてきた。これらはすべて「作者」が不明な点が特徴的である。ひょっとして、それは天才的なある個人の創造したものかも知れないが、それは、その物語を共有する人々によって、「われわれの物語」として存続してきた。その物語によって、人々は過去との結びつきや、その土地との結びつき、人間相互の結びつきを強めることができた。現代の言葉を用いると、ある部族や家族などのアイデンティティのために、物語が役立ってきたと言える。

心理療法家の仕事のひとつは、来談した人が自らのアイデンティティを探求していくのを助けることである。このことは、既に述べた「自分の物語」の創造ということと同義語と言っていい。これまで述べてきた点から、それは納得されるであろう。

物語の特性

心理療法家として物語の重要性に思い至ったことを述べた。ここでは、もう少し物語の特性について考えてみたい。物語の特性のなかで、まず強調したいのは、その「関係づける」はたらきであろう。あるいは、何かを「関係づける」意図から物語が生まれてくる、と言ってもよい。

非常に単純な例を考えてみよう。コップに野草の花がひとつ挿してある。それだけのことなら、別に誰もその花に注目しないかも知れない。しかし、それは病気で寝ている母親を慰めようとして十歳の少女が下校のとき摘んできたのだと知ると、その花が単なる花でなくなってくる。その花を介して、その少女に親しみを感じ、その母娘の間の感情がこちらに伝わってくる。そこに「関係づけ」ができてくる。そのことに感激すると、そのことを誰かに話をしたくなる。友人に話をするとき、少女が花を買おうと思ったのだが、彼女には高すぎたので困ってしまったが、ふと野草の花を見つけて……というふうに話が少し変わることもある。それを聞いた人が他人に伝えるときは、母親がその花を見て嬉しく思うと、高かった熱がすうーと低くなって……とつけ加えるかも知れない。

だから「物語」は信用できないという人がある。それも一理ある。物語を文字どおり真実だというのは馬鹿げているが、だからと言って、それが無意味というのもおかしい。物語を語ることによって、母娘の関係の在り方がわかり、それに感動することによって、語り手と聞き手との間に関係が生まれ、このように「関係の輪」が広がっていくところに意味がある。かかわりのなかの真実が、それによって伝わっていく。

物語の本質については、よく知られているように紫式部が、既に『源氏物語』のなかで、千年近くも以前に論じているのは大したものである。「蛍」の巻で、光源氏は最初は「物語には本当のことは語られることが少ない」というように低い評価をするが、そのうちに、物語こそ単なる事実を述べているものよりも、真実を伝えるものだと言う。このときの、「日本紀などは、ただ片そばぞかし」と言う源氏の言葉は、ズバリとした表現である。事実のみを述べている『日本紀』などは、ほんの片はしにすぎないと言っている。物語創作に命をかけた紫式部の誇り高い気概が、光源氏の口を借りて表わされているのだ。

このように高い評価を得ていた物語が急速に価値を失うのは、近代になってからであろう。それには自然科学の果たした役割が大きい。自然科学は外的事実の間の「関係」、特にその「因果関係」を見出すことに努力するが、そのような外的事実を、観察者(研究者)とは関係のないものとすることが前提となっている。このために、そこに見出されたものは個人を超える普遍性をもっている。この「普遍性」ということが実に強力である。つまり自然科学によって見出された結果と技術とがうまく結合すると、人間は事象の「外側に」立って、それをコントロールし、操作できる立場を獲得する。この方法があまりにも効果的であるために、人間は科学の知によってすべてのことが可能になると思ったり、科学の知こそが唯一の真理である、とするような思い違いをしたのではなかろうか。

このような思い違いをすることによって、多くの現代人はこの世との「関係」を切断され、根無し草のようになってしまった。便利で能率よく生活することが可能になったが、いったい何のために生きているのか、その意味が急に稀薄に感じられるようになったのである。「意味」とは、関係の在り方の総体のようなものである。私と私を取り巻く世界との関係がどんなものかがわからずに生きていても、「意味」が感じられないのも当然である。

しかし、このようなことに気づく前に、多くの人が自然科学の知以外の知を否定しようとしたり、軽蔑したりしたのではないだろうか。そして多くの学問研究も「科学的」であろうとし、十八世紀の物理学の方法論を、社会科学でも人文科学でも自分たちの領域に適用しようと試みた。それはそれなりの成果を得たのは事実であるが、それのみが学問であるとか、真実を知る方法であると考えるのは誤りである。

自然科学の知万能のような考えについて、現代人はいろいろな点で反省を促されることになったが、そのひとつの大きい主題は「死」のことであろう。いかに医学が進歩しても、人間の死を拒否することはできない。せめてできるだけの長寿を、ということで、延命の医学はずいぶんと発達した。このために近代人の平均寿命も長くなった。しかし、そのことのためにかえって「死」の課題はよけいに深刻になってきた。

これは既に述べてきたように、自分と関係のないこととしての「人間の死」については科学的に研究できるだろう。しかし「私の死」については、それは不可能である。それどころか、私の親しい人についても同様ではなかろうか。家族とか恋人とか、自分にとって大切な人の死を経験した人が、時に抑うつ症になって、われわれ心理療法家のところに来談する。「なぜ、あの人は死んだのか」という、この人たちの問いに対して、科学的な説明をしても意味がない。この人たちは、二人称の死に対する意味づけを知りたいのだ。言い換えるなら、それについて自分も納得のいく「物語」を見出したいのである。

このように考えると、物語のなかで「死」について語られるのが多いのに気づくだろう。「一人称の死」、「二人称の死」は人間にとっての永遠の課題である。したがって、それは物語のなかで主題となりやすいのである。これから取りあげていく王朝時代の物語においても、死がまったく語られていないものはない。その語られ方はさまざまであろうが。

物語が関係づけるはたらきをもっているという点で、自と他との関係づけに加えて、自分の内部における関係づけのことも忘れてはならない。深層心理学的な発想で言えば、意識と無意識をつなぐものとしての物語の役割を認識することである。人間の内部では、通常にはたらかせている意識と共に、簡単には意識化できない心のはたらきも生じている。「私」と呼んでいる存在は、果たしてどれほどの広がりや深さをもつか測りようもないが、一般には「私」は私自身のことを知っていると信じられている。しかし、身体のことを考えてみるとすぐわかるが、「私」は私の身体がどのようにはたらいているか、まったく知らない。それにもかかわらず、それはうまく機能している。身体でも「私」がコントロールできたり、そのはたらきを認識している部分もある。心の方も、どうもこれと同様のことらしい。自分の知らない心のはたらきが生じて、それは全体としてうまく機能している。

この全体的な統合が破綻すると、そのような人はわれわれ心理療法家を訪れてくる。ノイローゼの症状に悩むのなどは、その典型である。たとえば不潔恐怖症になると、何かにつけて何度も手を洗わねばならない。通常の意識としては、そんな必要のないことがわかっているのだが、手を洗わないと気がすまない。無意識的な心のはたらきと通常の意識との折り合いをつけるために、どうしてもそのような強迫行為が必要になっている。

これほど問題が深刻でない場合はどうなるか。たとえば、通常の意識としては、自分はある会社の課長であること、それが一般にどれほどの地位と思われているかもよく知っている。しかし、無意識の方は、自分が唯一無二でかけがえのない存在であること、地位や財産などとお構いなく絶対的な存在価値をもつ点を大いに強調したがっている。そこで、この両者をつなぐ「物語」が必要になる。その人なりにそれぞれの工夫があろうが、ある課長は、飲んで酔ってくると、自分が部長の誤りを指摘してこっぴどくやっつけた「お話」――事実はそれほどでもないのだが――を必ずする、というようなことになる。この「物語」が彼の人格の統合に一役買っている。

こんなときに、彼が素面(しらふ)の会話で部長もいるところで、その「お話」をしたり、あるいは、彼の周囲の人が結託して、彼が例の話をはじめるや否や、「もう知っています」と言って聞くのを止めたりすると、彼は相当な危機に陥ることになるだろう。「物語」は、人間の統合性の維持のために、役割を果たしている。誰しも、そのような「物語」をもっているはずである。そのことを意識せずにいる人もいるが。

「もの」の意味

「物語」という「もの」は、いったいどのような意味をもっているのだろう。これに対しては、折口信夫の「ものは霊(モノ)であり、神に似て階級低い、庶物の精霊を指した語である」(折口信夫「ものゝけ其他」『折口信夫全集』第八巻、中公文庫、一九七六年)によって、「もののけ」の「もの」と考えられるようである。このような考えを背景に、梅原猛は、「「ものがたり」というのは「もの」が「語る」話なのである。「もの」が「もの」について「語る」のである」と述べている(梅原猛『もののかたり』淡交社、一九九五年)。

「もの」が霊である、というのは面白い発想である。現代人は「もの」と言えば「物質」と思うのではなかろうか。と言っても現代人も、相当広い範囲で、この「もの」という言葉を使っている。「ものごころ」、「ものになる」などと言うし、「そんなものじゃない」と怒るときもある。あるいは、単に「知りたい」と言わずに「知りたいものだ」などと、「もの」をつけて表現する。これに、古語の用例もつけ加えると、実にものすごい範囲をカバーして、「もの」という語が存在していることがわかる。かつて哲学者の市川浩が、「み」という語を丹念に調べ、それが「身体」を表わすのみならず、それを超えて、心や魂まで含む、実に広い範囲に及ぶ用語であることを明らかにした(市川浩『〈身(み)〉の構造』青土社、一九八五年)。「もの」は「み」に匹敵する言葉と言えるだろう。「もの」は従って、物質のみならず人間の心、それを超えて霊というところまで及ぶ、と考えられる。その上、梅原猛は、物語というのは「「もの」が「もの」について「語る」」と述べているが、これも「誰かが「もの」について語る」という考えも成り立つわけで、拡大解釈をしていくと、「物語」というのは、実に多くのことを含んでくる。

「物語」も広義にとると、いわゆる「つくり物語」のみならず、歌物語、歴史物語、説話物語、軍記物語などといろいろあり、その性質も大分異なってくる。なかには、外的現実の記述に近いものもあるし、今日言うところのファンタジーに近いものもある。しかし、このように非常に多岐にわたるもののなかに、梅原の指摘しているような「もののかたり」が中核として存在しているのが、平安時代の特徴ではないか、と思われる。「もの」を「霊」と考える物語の解釈は、先に述べた。これは物語は「関係づける」はたらきをもつという点と関連して、ユング派の分析家、ジェイムズ・ヒルマンの述べる「たましい」(soul)についての意見を想起させる。ヒルマンは、現代人にとっての重要な課題は、近代になって見失った「たましい」の価値を再認識することではないか、と言う。それでは、その「たましい」とはどんなことか、ヒルマンがその著書、『元型的心理学』(河合俊雄訳、青土社、一九九三年)に述べていることに従って説明する。

ヒルマンは、「たましいという言葉によって、私はまずひとつの実体（サブスタンス）ではなく、ある展望（パースペクティブ）、つまり、ものごと自身ではなくものごとに対する見方、を意味している」と言う。これは「たましい」という語を導入することによって、いわゆるデカルト的な世界観に対抗する見方をとると宣言しているのである。物と心、自と他などと明確に分割することによって、近代人は多くのことを得たが、そこに失われたものの価値を見直そうとする。つまり、明確に分割した途端に失われるものが「たましい」だと考える。これは、異なる言い方をすると、心と体を「つなぐもの」がたましいである、と言うこともできる。ここに、たましいの「つなぐ」はたらきがでてくる。

自と他とを明確に分けてしまうとする。研究者が自分と完全に無関係のものとして人体を考えるとき、「脳死は死である」と言えるかも知れない。そのとき「脳死の状態のときに、たましいはどうなっているのか」などと言うと、「非科学的な」と言われるかも知れない。しかし、ヒルマンの言った「たましい」の考えを参考にすると、このことは、「自分と関係ある人の身体、自分と切り離せないものとしての身体」において、脳死のことをどう考えるのかという見方の重要性を指摘していることになる。つまり、これは既に述べた一人称の死、二人称の死として死を考えるとして、脳死をどう考えるのかという問題提起をしているわけである。つまり、たましいという語を用いて考えることによって、いろいろなことが「自分のこと」になってくる。

つき合っていた女性がいた。しかし、彼女は年老いて魅力を失っていく。そんな女性になどかかわっておれない。それはそのとおりかも知れない。しかし、そんなとき彼女の「たましい」はどうなるのか、あるいは自分の「たましい」も彼女を棄て去ることに賛成しているか、と考えてみる。このことによって、その行動は少し変化するのではなかろうか。このときに、当人が「たましい」のことをまったく忘れて行動したとき、「たましい」は「もののけ」として立ち現われるのではないだろうか。すなわち、ここに物語が生まれてくる機縁がある。物語は「たましいの語りである」ということになる。

ここで連想したことをひとつ。日本にキリスト教が伝来したとき、外国の宣教師の言う「アニマ」(anima たましい)という語を日本人が聞き違え、「アリマ」として「在り間」と表記したという。つまり、存在するものの間にあるもの、それが「たましい」である、と考えたのであろう。これは、心と体という存在の間にたましいがある、と考えるとピッタリで、素晴らしい誤りだと思われる。うまく本質をつかんでいる。

ヒルマンの説にかえると、彼は、「たましい」というのは「意図的なあいまいさをもつ概念」であると言っている。それは結局のところ未知のものだが、これまで述べてきたように、明確に区別できたと思っているときに、その境界をあいまいにする力をもっている。そのような力をもたせるためには、その用語自体があいまいでなければならない。何もかもあいまいにするようなものは、わずらわしいだけではないか、と言われそうだが、ヒルマンはこのような意図的あいまいさの導入によってこそ、「意味が可能」になるのだ、という。関心を失った女性を棄て去ることによって身軽になるかも知れない。しかし、そこで彼女は無意味な存在になる。このとき「たましい」に考え及ぶことによって「意味」が浮かびあがってくる。彼女のもののけの登場によって、その女性の意味、その女性とかかわってきた自分の人生の意味について、再点検が必要になる。そこには意味の発見があるはずである。「関係ないよ」と言いたいときに、「たましい」は関係があることを主張し続けるのである。そして、その関係の在り方について述べるときに「物語」が生まれてくる、と思われる。

物語と現代

物語は近代になると急に人気がなくなった。広義には物語に属すると考えられる「小説」の力が強くなり、近代小説は物語より文学的価値があると思われた。物語のような、非現実的な話に対して、小説は現実を描写していると主張する。しかし果たしてそうだろうか。

ここで近代と言っても、ヨーロッパ近代というのが正しいだろう。ヨーロッパ近代に起こった文化は極めて強力で、それは全世界を席捲したと言っても過言ではない。世界の国々で「近代化」とは、すなわち「欧米化」を意味すると考えられてきたと言えるだろう。ヨーロッパの文化の強さを端的に示しているのは、そこに生じてきた科学・技術である。それによって人間は自然をコントロールし、操作することが可能になった。そして、そのような力によって他の国々を支配することも可能と思われた。

帝国主義のモットーとして使われる「divide and rule」(分割して統治せよ)は、少しもじって使うと、そのまま科学の標語にもなるところが面白い。つまり、物事を区別(分類)して、その間の法則(ルール)を見出して秩序づける、と読み換える。これは近代科学の行なっているところである。このような考えに立つと、「たましい」などは存在しないことになる。近代になってからは、人間は心と体について語るとしても、たましいの方は棄てられてしまった。

自然科学と技術の組み合せによって、何でも可能ではないかとさえ思われたが、このような考え方に対する反省が最近になって生じてきた。たとえば、医学の領域で多く現われてきた心身症などもその例であろう。はっきりとした身体の症状——たとえば皮膚炎など——が生じるが、その原因を心の方にも体の方にも見出すことができない。事象の因果的連関を明らかにし、原因をつきとめることによって一義的な方法で治療するというのは成功しない。心と体の分離を癒すことは、近代医学の方法ではできない。これは、その方法論から考えても当然のことである。

近代の科学・技術的思考法は人間関係にも持ちこまれて混乱を生ぜしめているように思う。たとえば老人に対して。老人を一般人から切り離された「対象」として、それをどのような方法によって操作するのが一番便利か、という考えに立って老人対策とやらを考えていないだろうか。これは老人にとってはまったくやり切れないことだ。そうなると、ボケ老人に早くなってしまおうという意志が、どこかではたらくとさえ考えられないだろうか。

こんなときに、筆者がよく例に出す昔話がある。殿様の命令で六十歳になると老人は山に棄てられた。ところがある息子が自分の父親をかくまっている。殿様があるとき

「灰で縄をなって来い」と命令するが、誰もできずに困る。そのときにかくまわれていた父親が、縄を固くなってから、それを焼くと灰の縄ができると教える。このことから殿様は老人の知恵に感心し、「うばすて」の慣習がやめになる、という話である。この話の面白いところは、「逆転の思想」が老人の知恵として見事に語られているところである。他の人々が灰で縄をなおうとしているとき、老人は縄を灰にすることを提案する。これを老人のことを考える際に用いてはどうか。老人は「社会の進歩についていけないから駄目だ」とか、「何もせずにいるので役に立たない」などと言うが、これを、老人は「進歩を妨害するので価値がある」とか「何もしないでいるのは素晴らしい」と考えてみてはどうか。これは立派な近代批判ではないだろうか。

日本の教育を考えるときも同様である。教える者と教えられる者が明確に分離され、どのような効率的な教え方をするかを教師は考え、子どもはいかに能率よく知識を吸収するかを学ぶ。ここにも上手な「操作」が望ましいという近代思想が入っている。その結果、教師と生徒、親と子どもの関係が切れてしまい、子どもたちの心は荒んでくる。現代の日本の教育には「豊かな物語の復活」が必要、と教育学者の佐藤学が主張している(『学びその死と再生』太郎次郎社、一九九五年)。筆者も同感である。寺子屋には物語があったのではなかろうか。

現代人の病とも言うべき「関係性の喪失」を癒すものとして、物語の重要性が浮かびあがってくる。物語は「つなぐ」はたらきをもっている。前述の「うばすて」の物語は、老人と社会とをつなぐ作用をもっている。

物語と近代小説とを分ける、ひとつの指標として、前者は偶然を好むが後者はそれを好まない、という点がある。小説は「現実」を扱っているのであって、物語のような絵空事は扱わないと考える。

筆者は心理療法家として、人間の生きている「現実」に触れることが多い。一般的には「処置なし」などという烙印を押されて来る人もある。その人たちが立ち上がっていくためには、大変な苦しみが必要である。治療者と二人で苦闘を続ける。しかし、その解決の重要な要素として「偶然」ということがあるのを認めざるを得ない。共に苦しんできた者にとって、それは「内的必然」とさえ呼びたいのが実感であるが、外から見る限り「偶然」としか呼びようのない「うまい」ことが起こる。不思議としか言いようがないし、また「当然」とも呼びたいことが起こる。

筆者が体験している、このようなことをそのまま「小説」として発表すると、「そんな非現実的な」とか、「偶然にうまくいくのは話にならない」などと言われて、否定されるだろう。しかし、それは「現実」なのである。このことを裏返すと、近代小説はほとんど「現実」を書いていないか、「現実」のごくごく限定された部分を記述している、ということになるかも知れない。この頃、ノン・フィクションの方がよく読まれる原因のひとつは、こんなところにあるかも知れない。文学のことは詳しくないので、これ以上の深入りはしないが、現代人を相手として心理療法を行う上において、「物語」が非常に多くの示唆を与えてくれることは事実として、申し述べておきたい。それは、けっして荒唐無稽ではない。

物語によって、近代主義から脱却することを試みる——それも日本の王朝物語を取り扱って——上において、考えておくべきことが、もう一点ある。それは、筆者が子どもだった頃、日本において「近代の超克」ということが声高に語られていた事実である。第二次世界大戦を戦っているとき、この戦いの意義のひとつとして、有名な学者たちが、「近代の超克」を標榜した。これがどのようなものであるかを一応知っておく必要があるだろう。

日本の英米に対する宣戦布告が一九四一年十二月に行われた。その後十カ月、未だ日本軍の勝利に日本国民が酔っているとき、『文学界』昭和十七年十月号において、「近代の超克」と題する座談会が行われた。出席者名をすべて記すと、西谷啓治、諸井三郎、鈴木成高、菊池正士、下村寅太郎、吉満義彦、小林秀雄、亀井勝一郎、林房雄、三好達治、津村秀夫、中村光夫、河上徹太郎の十三名で、広い領域にわたり、当時の第一人者とも言うべき人の集まりであることがわかる。

通読してみると、現在から見ても、うなずける発言も多くあるのと、どうしても時代の要請に応えようとする発言とがあって、実に興味深い。これはこれで詳細に論じてみたいとも思うが、ここはそんな場ではないので他に譲るとして、一点だけ強調しておきたいのは、「近代の超克」として当時、論じられていることは、日本は近代ヨーロッパの影響をあまりにも受けすぎているので、それを超克するために日本的なものを打ち立てねばならない、あるいは、日本的なものを打ち立てることによって近代を超克しようとするという命題である。

これに関しては、出席者たちが微妙な態度の差を示しているが、たとえば西洋史を専門にする鈴木成高は「文明開化を克服する為に、日本的なものを打立てるのも宜しいが、やはりもつとヨーロッパに徹した理解をもつといふことも必要ではないかと思ふ」と述べ、林房雄が「それは非常に良いことでありませう」と応じている。あるいは、当時の時流に乗って、日本の古典に対する「軽率にお先走りした便宜主義的牽強附会な解釈」が行われるのについて、三好達治ははっきりと反対を表明している。しかし、出席者は当時の時流に押されて、「日本的なもの」の呪縛から逃れ出ていない、ということができる。

この点が、われわれが留意すべきことであろう。確かに現代人は近代を乗り越えようとして努力している。しかし、西洋の近代がゆきづまったので、東洋の知恵で、などという単純な置き換えをするのは、まったく馬鹿げている。筆者が、ここに日本の古い物語を取りあげようとするのは、これまで述べてきたような観点から、近代ヨーロッパにおいて確立された意識とは異なる意識によって物語られる内容から、われわれが現代に生きる、つまり、現代人としての物語をつくり出す上において、示唆を得られるのではないかと思うからである。たまたま自分が日本人だから日本の物語を対象とするが、それは日本が特に他に対して優れているからではない。そこから得られたものは、日本人として参考になるが、近代を超える努力をしようとしている人に対しては、他の国の人に対しても何らかの意味あるものとして、他とつながっていくことを見出すことが大切だと思う。

王朝物語

以上のような考えによって、以後、日本の王朝時代の物語、それも主として「つくり物語」と呼ばれるものを取りあげて論じていくことにする。しかし、それはあくまで現代に生きる、という観点に立ってなされるものである。問題は筆者が国文学の研究歴が皆無な点で、それは諸賢の批判や援助を生かしてカバーするように努めていきたい。これまで続けてきた、物語についての対談(河合隼雄対談集『物語をものがたる』全三冊、小学館、一九九四、一九九七、二〇〇二年)は、そんな点で役立つことが大であった。

日本のこれらの物語群は、九世紀より十一世紀の間に書かれたものである。このことをキリスト教文化圏と比較すると、ボッカチオによって『デカメロン』が書かれたのが十四世紀であるから、いかに早い時期に日本の王朝物語が書かれたかについて感心せずにはおられない。もちろん「物語」というのは、神話、昔話、伝説という形で、どのような文化にも存在した。しかし、個人の作品としての「物語」という点では、これは特筆すべき事実である。

この点について筆者の考えたことを少し述べておきたい。日本において、このような物語がこの時期に発生したことの大きい要因として、日本が一神教の国でなかったこと、このような作品を生み出したと思われる当時の女性の立場、平仮名の発明、を筆者は考えている。

まず、一神教の問題である。既に述べてきたように、人間は生きていく上で「物語」を必要とする。しかし、一神教の場合は、それらを神にゆだねるべきであり、既に神による物語の『聖書』や『コーラン』――それらは物語に満ちている――がある限り、敢えて人間が物語をつくるのなどは、瀆神の罪に値するのではなかろうか。したがって、人間が個人で「物語」をつくるまでには相当な時間がかかり、神に対する人間の位置が変わりかけて、はじめてボッカチオのような人が出てきたのではなかろうか。したがって、彼の書いた「物語」は、瀆神的な傾向をもたざるを得なかったのではなかろうか。

日本文学研究家であるコロンビア大学の、バーバラ・ルーシュ教授によれば(彼女との私的な話し合いによる)、ヨーロッパの中世においても、修道女がその夢やヴィジョンを書き記したものがあるが、長い間、それらは教会から無視されてきた、とのことである。今後このような記録と、同時代の日本の物語や日記、特にそのなかの夢、などとの比較研究を行いたいものと思っている。同教授によると、それらは女性の手になるものが多いとか。これも日本と同様で興味深い。

次に当時の女性の立場について。紫式部などはその典型と思われるが、おそらくこのような物語をつくった女性たちは、経済的には安定しているが、当時の出世コースからはずれている、という特徴をもっていたと思われる。当時の男性はそれなりに、そのときの体制のなかに組み入れられて、そのなかでの上昇ということに関心をもっている。つまり、体制の物語を生きているので、自らの「物語」をつくり出すことなど考えもできない。これは現在も同様で、体制の物語を生きている人たちは、自分たちは「現実」を生きていると信じていて、物語の必要性を感じないか、その価値を低く見ている人が多い。

体制のなかに入り、一応安定して自立しているが、体制の出世物語に無関係である女性たちが、「自分の物語」を書きはじめたのではなかろうか。女性でも身分の高い者は、男性の出世物語に参加しているし、天皇の后になり、子どもを生んで、それが皇太子となり、続いて天皇位につくと、自分は「国母」となって最高の位につくことになる。それを信じて生きているとき、自分自身の物語など不要である。

次に平仮名が発明されたことによって、自分の個人的な想いや感情などが文字で表わされることになったのも大きい。漢文はどうしても公的なものである。公的な事実の記録に用いられ、そこには個人的感情を入れこみにくい。それに、この当時女性たちは、相当に自立的であったことも大きいであろう。結婚しても、必ずしも夫の家に入るとは限らないし、父親から財産を譲られて、経済的にも自立していたのではなかろうか。

以上のような好条件が重なって、この時代に物語が多くつくられた、と推察される。ここに女性の条件として述べたようなことを満たしていた男性も数少ないにしろ、いるわけだから、速断はできないが、王朝物語の作者は、ほとんどが女性ではないか、と筆者は推論している。

次に王朝物語には夢が多く語られ、非現実と考えられる存在が出てきたり、転生(てんしょう)が語られたりする、という事実について考えたい。このために、近代小説を評価する見方からすると、昔の物語は荒唐無稽ということになる。そして、物語の評価をするときに、近代的な視座に立って、いわゆる「非現実的」なことが多いほど、その作品を低く評価するようなことが、これまでにあったように思う。あるいは、非常に単純な道徳観に基づいて評価を行なったりする。このようなとらわれからは自由になって物語を見たい、と思っている。

たとえば、夢と外的現実とが一致するようなことが書かれていると、それをもって「非現実的」と判定するような評者がいるが、そのようなことは、現在でも実際起こっていることは、筆者のように夢分析をしている者は体験的に知っている。「たましい」がかかわってくるほど、ユングが共時性（シンクロニシティ）と呼んだ原理による現象が多くなる、と言うよりは、たましいのレベルでものごとを見ていると、共時的な現象がよく目につくし、それを「物語る」とすると、近代の意識からすれば「非現実的」と見えるような現象の記述が増えてくる、と言っていいであろう。「ものがたり」の「もの」は「霊」である、というような認識は、このような事実を述べていると思われる。

王朝物語を近代の視座によって見るのではなく、むしろ現代を生きる者として、そこに語られる知恵を再評価し、自分の物語をつくりあげていく上での何らかの参考にする、という見方で読んでいきたい。そこから得られることは実に多いのではないか、と期待している。

第二章　消え去る美

物語の祖

『竹取物語』は、紫式部によって「物語のいできはじめの祖」と呼ばれた物語である。残念ながら、その作者も成立年代も明確にはわからない。しかし、九世紀には既に存在しており、わが国の「物語」のなかでは、最も古いものと言っていいだろう。ただ、「物語のいできはじめの祖」という表現は、それが単に最も古いという意味のみならず、わが国の物語の「祖型」となるもの、という意味もこめられているように感じられる。

実際に『竹取物語』を読み、王朝時代の物語を読み進んでいくと、『竹取物語』に提示されたテーマが、いろいろと様相を変えながらも、繰り返し繰り返し、現われてくることに気づかされる。それは、絶世の美女が男性と結ばれることなく、立ち去っていく、というテーマである。後にいろいろと例をあげて論じるが、このテーマは王朝時代の物語にとって重要であるのみならず、日本の文学全体にわたって通底している、とさえ考えられる。したがって、物語論の一番最初に、『竹取物語』を取りあげるのは、それがわが国に現存する最古の物語である、ということ以上の意味をもつと考えられる。

『竹取物語』の源泉は何か、という問題がある。これは古くからいろいろと論じられている。『万葉集』に竹取翁の伝説が見られるし、契沖も指摘した『広大宝楼閣経』の第一巻の「金色の三童子」の説話もある。あるいは、三品彰英は新羅の神話のなかの「竹筒美女」を重要なものとして指摘している。これらに加えて、チベット地方の説話「斑竹姑娘（はんちくこじょう）」がモデルだという説もあって、この問題は諸説が入り乱れている。ただ、筆者としては、何らかの物語の「源泉」をつきとめることによって、それですべてがわかったように思う態度にはあまり賛成できない。むしろ、物語そのもののもつ意味の方を重視したい、と思っている。もちろん、それを考える際に、その類話——必ずしも原話とは断定できなくても——を参考にすることは、時に応じて必要とは考えているが。

前記の諸説は、確かに『竹取物語』のなかの多くのテーマのどれかとかかわっているが、原話であるという決め手に欠けている感じがする。『万葉集』の竹取翁伝説と言われているのは、竹取翁という老人と娘たちの話であり、「金色三童子」の話は、竹とそこから生まれてくる童子の身から金色の光が出ている話である。しかし、これらには、筆者が注目しているような「立ち去っていく美女」のテーマはない。その点では、新羅の『新羅殊異伝』に一番親近性が感じられる。この話では、竹筒から美女が出てくる。

この美女は男性と夫婦関係になるところが、『竹取物語』とは異なるが、最後のところで、この美女が急に消え去るところが、類似性を感じさせる。チベットの説話は、めでたい結婚話で、『竹取物語』のルーツとは言い難いと思われる。

『竹取物語』の最初には、竹取の翁という老人が登場する。日本の昔話においても他の国のそれに比して、老人が登場する頻度が高いことは、つとに指摘されている。ただ、この場合に興味深いのは、この翁の名が、通説では讃岐造麻呂（さぬきのみやつこまろ）とされていることである。昔話は、時代や場所や人物を特定しないところに特徴がある。「むかしむかし、あるところに、一人のおじいさんがいました」という話によって、それは日常的、具体的な世界を離れたところの話であることを明らかにする。話の聞き手を一挙に非日常の世界に誘いこむのである。その点、近代小説では「現実」とのつながりを大切にするので、それは仮空の話であるにしろ、時代、場所、人物などを特定化しておかねばならない。その点で、このようにつくられた「物語」は、小説と昔話の中間に存在していると考えていいだろう。

『竹取物語』は、「昔」ではじまるところは昔話と同じであるが、登場人物の翁の名が明らかにされ、それは純粋の昔話とは異なることを示している。物語が近代小説と昔話の中間に存在するとしても、それには程度の差があり、王朝物語のなかでは、『竹取物語』が昔話寄りにあるとすれば、『源氏物語』は、むしろ小説寄りに位置すると言えるだろう。二つの作品の冒頭の部分を比較するだけでも、その差が認められる。昔話は民衆のなかから生まれてきたものであり、もちろん作者など考えられない。その点、小説は明確に個人の作品である。『源氏物語』はいろいろと疑義をはさむ人があるにしろ、紫式部という個人の作品とされているし、『竹取物語』の方は作者不詳であるのも、前記の点と符合している。これは、あるいは複数の作者によってできたものではないかとさえ思われる。

竹から出てきた少女は清らかで美しかった。しかも、その後、竹の筒に黄金が入っていたので、翁はだんだんと金持になった。これは、この娘が普通の女性ではないことを、明らかに示している。そして彼女には「なよ竹のかぐや姫」という名がつけられた。まさに輝やかしい美しさであることが、その名にも表わされている。

このような美女に多くの人が言い寄ろうとしたが、彼女の心は少しも動かなかった。なかには竹取の翁に頼みこむ者もいたが、翁は「わしの生んだ子ではないので、自由にはなりません」と答えた。彼らは親子のように、あるいは祖父と孫のように見られたかもしれないが、そうではなく、彼女の自由意志を尊重すべきことを、翁はよく自覚していた。それでも翁はかぐや姫の結婚を望み、彼女もそれに従うように見せながら、けっして結婚には至らない工夫をしていた。彼女は実現不可能な難題を求婚者たちに課した。そして、周知のように、それは求婚者たちに不幸をもたらすのみであった。

かぐや姫の出した難題と、それを解くための男性たちのはかない努力の話が、面白おかしく語られる。ここだけに注目すると、チベットの「斑竹姑娘」などが原話として注目されたりするのだろうが、筆者は、この部分はむしろ物語を面白くするために後で挿入されたり、ふくらまされたりしたのではないか、と思っている。最も大切なテーマは、既に述べたように、かぐや姫が消え去ることと思うからである。

ひとつ注目したい点は、これらの求婚者の話の終わりは、昔の「強語り（しいがたり）」つまり、こじつけとも思えるような形での言葉遊びによって締めくくられていることである。たとえば、第一話の石作皇子は「仏の御石の鉢」の偽物を贈ったが、すぐにばれてしまったので、その鉢を捨ててしまった。それにもかかわらず言い寄ることを続けたので、そういうずうずうしいことを「恥を捨つ」(鉢を棄てるに掛けている)と言うのだ、という類のものである。このような終わり方は『風土記』には実に多く見られるが、その他の王朝物語ではあまり認められない。やはり、これは『竹取物語』が古いものである、という事実と関係しているのだろうか。

うつろう美

五人の求婚者は誰も成功しなかった。二人の人はこのために命を落とした。それでも、かぐや姫の心はそれほど動かなかった。ついに天皇が関心をもつようになった。しかし、かぐや姫はそれによっても心を動かされなかった。後にも述べるように、王朝物語のなかで、かぐや姫の系譜を引くような美女たちは、多くの求婚を断るが、帝からの申し出に対しては、はっきりと拒否ができない。あるいは、それは受けざるを得ないことと考える。この点で、かぐや姫は徹底しているが、これも、話が「昔話」的なために可能で、その後、物語が少しずつ現実の方に引き寄せられると、簡単には帝を他と同様に扱えなくなったのかも知れない。

かぐや姫は帝の気持にもかかわらず、月の世界に帰っていった。何としても、絶世の美女は男性——たとえ帝さえ——とは結ばれず、この世から立ち去らねばならないのだ。そのことによってのみ、当時の日本人の美意識は完成した。そして、そのような美意識は実に長く日本文化の底流として流れ続ける。どうして、そのようなはかないものとして美を体験しようとしたのだろうか。

この点を考える上で、かぐや姫の先駆者とも考えられる人物を見てみよう。すぐに思いつくのは、日本の神話に語られるコノハナサクヤヒメ(木之花開耶姫)がある。天孫のニニギがこの国で会った美しい女性である。彼は早速プロポーズするが、コノハナサクヤヒメの父親は彼女と共にその姉のイワナガヒメを差し出した。ニニギはイワナガヒメが醜かったので嫌い、彼女を親のところに返してしまう。親はそれを知って、イワナガヒメはその名の如くいつまでも生きる力をもっているのに、それを拒否してコノハナサクヤヒメをとったので、ニニギの子孫たちの寿命はそれほど長くないだろうと言った。これによって、人間は永遠の生をもつ可能性を失った、と言うのである。ここには、美と醜、瞬間と永続の対比がある。それは花と岩のイメージによって示されている。

かぐや姫も、実は醜と永続の側面をもっていた。かぐや姫に五人の求婚者が言い寄ってきたとき、竹取の翁は姫に早く結婚することをすすめる。そのとき、かぐや姫は自分のような醜い女がうっかり相手の心も知らずに結婚すると後で不幸になる、と言う。つまり、彼女は自分を醜いと思っているのだ。このことについては、後にもう一度触れるだろう。そして、彼女が永続性をもつことは、彼女の国である月の世界では、誰も年をとることはないし、天人が「不死の薬」をもってきたことにも示されている。

コノハナサクヤヒメやかぐや姫の話の語るところは、いずれも同じで「この世」においては、美と永続性は両立しない、ということである。そして、実際はともかく、心のなかで永続性を願ってなされる結婚というものも、美とは結びつかないと考えられる。

考えてみると、この世に生まれた者は必ず死ぬわけだから、その死を受け入れることが、美の体験の前提条件であるとも言えないだろうか。花は散ることを、月は欠けることを前提としてこそ、そこに美を認めることができる。

散る花のはかなさと美が結びついたものとして、やはり、かぐや姫の一種の先駆者と思われるものに、『万葉集』のなかの「桜児(さくらこ)」がある。彼女は二人の男性に同時に言い寄られ、どちらかを選ぶ苦しさに耐えられず自殺してしまう。まさに、花と散り果てたのである。実は、かぐや姫も自殺を予想させるようなことを言っている。帝が竹取の翁に対して、もしかぐや姫を差し出すならば、翁に必ず五位の位を授けると言う。これを知って翁は喜んで、そのことを姫に告げると、姫は宮仕えをするくらいなら消えてなくなってしまう、あるいは、一度は宮仕えをして翁に位が授けられるのを待って、死ぬ他はない、と言う。ここにも死の影が動いている。

うつろう美を特に評価している、というよりも、この世ならぬ美を追求すると、それは限りなく死に近接してゆく。つまり、美の影には死が必ず存在しており、それは、うつろいゆくことの自覚を促すものとなる。本居宣長は、『源氏物語』は「もののあはれ」を語るものだと言った。「もののあはれ」の美は、やはり、死にかかわってくる故に「あはれ」の感情を喚起するものと思われる。

かぐや姫の美しさは、軽々に人を寄せつけない。冷たいとさえ言える美しさである。かぐや姫を形容する「けらら」、「きよら」に関して、中西進が興味深い意見を述べている。「「きよら」という言葉で形容される女性がもう一人いまして、それは『源氏物語』の紫の上ですね。紫の上は「きよら」、「きよら」と、よく出てくる。ですから、紫の上はかぐや姫のイメージを引きずっているというふうにも考えられる」と。その上、「紫の上は中秋の名月前夜の月明のなかで死ぬ。それからもう一つ、紫の上は最初は桜のイメージをもって形容されるのですね」(中西進／河合隼雄の対談「竹取物語――美は人を殺す」『物語をものがたる』所収)。

ここに、月、花、美女の美しさと、それが死につながるというイメージの結びつきがあり、日本人の美意識の中核に存在するとさえ言ってよい。そして、ここに紫の上が例に出されたように、その後の物語のなかで、いろいろなヴァリエーションを伴いつつ、物語のなかのヒロインとして、姿を変えて立ち現われてくるのである。

見るなの禁

かぐや姫は、自らをむしろ、醜いというふうに語っている。帝の申し出に対しても、自分は美しくないと言い、帝が強引に訪ねてきて、彼女を連れ去ろうとすると、姫は消えて影のようになってしまう。つまり、彼女は帝にまともに見られるのを避けたのである。

消え去る女性のテーマが明確に見られる日本の昔話として、「うぐいすの里」がある。これについては、既に他に詳しく論じたので繰り返さないが(拙著『昔話と日本人の心』岩波書店、一九八二年)、そこで注目すべきことのひとつは、男性が女性の「見るな」という禁止を破ったために、女性が立ち去っていく、という事実である。

「見るなの禁」を犯したために、女性が立ち去っていく話としては、神話のなかの豊玉姫の話が思い出される。豊玉姫は彼女の宮殿がある海底まで訪ねてきた、山幸彦と結婚するが、妊娠して子どもを生むときに、産屋（うぶや）のなかを覗かないように、と言う。ところが、夫の山幸彦は禁を破って見てしまい、豊玉姫が鰐の姿になっているのを知って驚く。彼女は夫に自分の醜い姿を見られたので、そこを立ち去り、海底の世界へ帰っていく。


「見るなの禁」を破る男性という点で言えば、われわれはイザナキ・イザナミの話にまで遡らざるを得ない。そして、そこでは醜さということが関係してくるし、死も関係してくる。イザナミが死んだので、夫のイザナキは黄泉（よみ）の国まで追いかけていく。なんとかこの世に連れ戻したいという彼の願いに対して、イザナミは、黄泉の国の神とかけ合ってくるから、その間しばらく待ってほしい、そして、その待つ間に自分の姿を見ないように、と言う。しかし、イザナキはその禁止を守ることができず、ひとつ火を灯して妻の姿を見る。それは死体の醜さをもろに露呈するものであった。イザナミは大いに怒りイザナキを捕えようとするが、彼はなんとかこの世に逃げ帰ってくる。

イザナキ・イザナミの話は、「見るなの禁」を犯して男性が見るとき、醜い姿が見えたという点で、豊玉姫の話と共通するものがある。ただ、イザナミの凄まじい怒りが表明された、という点が異なっている。この怒りは、かぐや姫が自分に言い寄ってくる男性に対して、時には死を与えた、ということにもつながるのではなかろうか。イザナミが果たせなかった男性に対する怒りの報復を、かぐや姫が果たしたとさえ感じられる。

この世ならぬ美の話の裏にある、このような醜の話を、われわれはどう受けとめるべきか。この答えに対するヒントとして、筆者がずいぶん以前に聞いた事例を紹介したい。

ある女子高校生は素晴らしい美人で、道で彼女とすれ違う人が思わず振り向かずにおれないほどだったという。彼女が自殺を企図し、幸いにも未遂に終わったので、あるカウンセラーが会うことになった。そのとき、彼女は「自分ほど醜い者はいない」ので自殺しようとした、と語ったと言う。カウンセラーが不思議に思っていると、彼女は言葉を続け、自分を見る男性の目があまりにもいやらしいので、これは自分の内に非常に醜いところがあるのに違いない、と思った、と言った。これは実に示唆的な話である。

これは「醜いのは男の方の心であって、あなたは何もそんなところはない、むしろ、あまりにも美しいだけなのだ」と言うのは簡単である。そんなことを言っても、この少女を安心させることはできない。彼女が立ち上がっていくためには、それなりの努力が必要である。男性の醜い関心を惹きつけるのは、彼女の美しさだけではなく、彼女の内部にそれに呼応する部分がある、と考えてみてはどうであろう。美は単なる美である限り、それほどの魅力をもたないのではなかろうか。どこかで醜による不思議な裏づけをもってはじめて、人を惹きつけることを可能にする。かぐや姫が自分を醜いと言ったのは、謙遜ではなくて、自分の醜の側面についての自覚があったから、とも考えられる。

美と醜の、このようなダイナミズムのなかで、イザナミや豊玉姫の場合は、むしろ醜の部分が強調されたのはどうしてだろうか。これはおそらく「見る」ことと関連しているようだ。相手を「対象」として見る——そのことは禁止されているのに——、そのことが醜の側面を露わにするのではなかろうか。日本人ならよく知っている「夕鶴」の話の原話である「鶴女房」などの多くの異類女房の話においては、男が「見るなの禁」を破り、覗き見をすることによって、女房の「本性」つまり、鶴、魚、蛇などが明らかになると共に、彼らの関係は破局を迎える。それまでは共に住んでいた二人なのに、男が敢えて女を対象として「見る」と、その関係が壊れてしまう。

漢字には「観る」という表現がある。この「観」は「観照」であり、内を見るのと外を見るのとが同時に行われることを意味する字であった。男と女とが共生し、内と外との区別も定かでないときに「観る」美が二人を支えていた。そのような関係においては「本性」などという概念さえ存在しない。そのときに、相手を対象として自分から切り離して「見る」と、「本性」が見え、それは醜につながってくる。イザナミ、豊玉姫の場合も、このように考えていいだろう。

このような危険な男女の関係のなかで、「見られた」ことに対する怒りがそのまま表出されると、イザナミの行動に示されるような凄まじいものになる。しかし、そこで女性の方に少し余裕ができると、『竹取物語』の求婚譚のように、そこに滑稽さが生まれてくる。「あはれ」の傍らに「怒り」や「をかし」という感情が存在している。

日本文化の中核には「あはれ」が存在していて、王朝物語のなかに、それはいろいろと姿を変えて現われてくるが、「をかし」の系統も相当、豊かにあるとも言える。王朝物語で言えば『落窪物語』や『とりかへばや物語』などには、相当に「をかし」の要素が入りこんでいる。「怒り」の方は、あまり直接的に表現されることはないが、たとえば『源氏物語』のなかの、物の怪のはたらきなどにそれを見出すことができる。

他界への憧れ

既に述べたように、美と永続性はこの世においては両立しない。かぐや姫は、結局は月の世界に帰っていった。帝は美を選択するためにか、せっかく手に入れた「不死の薬」も燃やしてしまった。

手に入らないことがわかればわかるほど、それを手に入れたいと思うのが人情というものである。この世においては、それが可能ではないとすると、それを可能にする「他界」への憧れが人間の心のなかに生じる。この世に「あの世」を顕現させたいという絶望的な憧れの感情は、日本人の美意識を支えるひとつの要素であった。『竹取物語』ではそのことが、かぐや姫の昇天という形で語られている。彼女のみが「他界」に行くことができて、帝でさえ引き止めることも、共に行くこともできなかった。ここに、かぐや姫の美しさが絶世のものであることが示されている。

「他界への憧れ」は、死を願う心に通じるところがある。現在、思春期拒食症が多く発生している。もちろん、それらのすべてを説明するものではないが、彼女たちが食事を拒否して、時には死に至ることもあるのは、その背後に「美の永続性」を願う心がある、と思われる。彼女たちにとって「この世」の原理を受け入れるのは非常につらいことなのである。ちなみに、先に述べた自殺未遂をした女子高校生は、箱庭のなかにありたけの醜い生物、蛇やトカゲなどを置き、自分の内界に存在する醜い側面を受け入れることによって成長していった。

「他界への憧れ」がすぐ死に結びつかないが、実現可能なこととして「出家」があった。当時の多くの男女はいつか出家することを望んでいたのではなかろうか。それは美しい死を迎え、美を永続化させるための重要なステップであった。

『源氏物語』の紫の上は、既に述べたように、かぐや姫の系譜を引いている。彼女は何度も出家を願い、そのたびに源氏に止められている。出家は死にほとんど等しい。したがって、出家を願っていても、この世への執着や、この世からの足止めによって、なかなか果たせないのも当然である。王朝物語の多くの箇所に、出家に伴う葛藤が描かれている。

紫の上は源氏と結婚し、その絆のために出家をはばまれてしまった。その代わりと言うのも変だが、紫の上の死の床の描写が美しくなされている。彼女は人生の最後において、出家を果たしたのだとも言える。アメリカの日本文学研究者、アイリーン・ガッテンは、『源氏物語』以前では、人間の死は単に何某が死んだということのみが記され、『源氏物語』においてはじめて、人が死んでいく姿が記述されたことを指摘している（A・ガッテン／河合隼雄の対談「源氏物語(I)――紫式部の女人マンダラ」『続・物語をものがたる』所収）。これは非常に大切なことで、しかも、死の床の描写が行われているのは、藤壺、紫の上、大君、の三人だというのも実に興味深い。この三人は、作者の紫式部も大いに肩入れしていた人物と思うので、なおさら興味をそそられる。

出家をはばむ人間関係を、王朝物語では「絆（ほだし）」と表現しているのも注目すべきことである。絆は現在では「きずな」と呼ばれて、「家族の絆を大切に」などと、スローガンに用いられたりしているが、もともと否定的な意味合いで使われていたのである。絆は牛や馬などの足にからませて動けないようにする用具であった。まさに「つなぎとめる」力をもつもので、これは現代的に考えても、肯定、否定の両面をもっている。ただ、王朝時代は前記のように、「出家」への個人の自由意志をはばむものとして「絆」という用語が使われたのである。

その点、かぐや姫は何の絆ももたない、と言ってよかった。竹取の翁には情が通っているので、それは絆になりそうであったが、天命とあれば致し方なかった。それに「天の羽衣」を着せかけられると、彼女は翁に対して哀れとも悲しいとも感じなくなってしまう。これは、彼女がいかに他界の人であるかを如実に示している。出家するとき、僧衣をまとうと、「この世」的な感情は断ち切るべきだが、実際にはなかなかそのようにはいかなかったのではなかろうか。歴史を見ると、出家して後に、ますます俗事にかかわった人物をいくらでもあげることができる。日本的美意識が、いつも日本人の行動を強く支配していたわけではない。その点で、かぐや姫は、日本人の美学の原点に据えられる人物ということができる。『竹取物語』は、紫式部の言うとおり「物語のいできはじめの祖」なのである。

紫の上は源氏との絆のため出家を果たせなかったが、その想いを受け継いで現われるのが「宇治十帖」のなかの浮舟である。浮舟は薫と匂宮の二人の間にはさまれながら、どちらも拒否して身投げをはかる。幸いにも彼女の自殺は未遂に終わるが、うずくまっている浮舟を見つけた横川(よかわ)の僧都が「かぐや姫みたいだ」と言う。紫式部は、浮舟がかぐや姫の系譜を引く女性であることを意識していたものと思われる。浮舟は月へは行かなかったが、出家を果たすことができた。しかし、話はここで簡単に終わらず、後に続く話があるのは周知のとおり。それにしても、浮舟は自分のかぐや姫性を守り抜くのである。

かぐや姫がひとつの祖型として物語に影響を及ぼしているものとして、永井和子は、『寝覚物語』の主人公、中の君(寝覚の上)の「かぐや姫体験」をあげている(永井和子／河合隼雄の対談「寝覚物語――永遠の美少女の苦悩」『物語をものがたる』所収)。

かぐや姫は明らかに他界の人であった。しかし、中の君の場合は少女時代、十三歳と十四歳の八月に「天人降下の夢」を見る。天人は夢のなかで、彼女が琵琶の名手になる、ということと、生涯にわたって苦難を体験するだろう、という予言をする。彼女は何だかわけのわからないままに、自分を極めて特殊な人間なのだと思いこまされるのと同時に、いったいそれは夢なのか現実なのかもわからない、という体験をする。永井は「そうした中途半端な異能性・異質性の自覚を感覚として「かぐや姫体験」といったのです」と述べている。そして、それを説明して「つまり自分というものは、この世の中にいま存在しているけれども、じつは別の国から啓示を受ける特別の人間かもしれない、この世の人間とはちょっとちがう人間かもしれないという、そういう存在の不安感に揺れる感覚を身につけた女性ではないか」とつけ加えている。

思春期の深い心の揺れと不安を体験した、中の君の心情を「かぐや姫体験」という表現によって非常に的確に捉えているのに感心させられる。しかし、これはすべての思春期の少女が心の深層において体験することと言ってもよいのではなかろうか。ただ、そのことが少女の意識をどのような形で、どの程度に脅かすかについては、相当な個人差があると考えていいだろう。その少女を取り巻くいろいろな人間関係や、少女自身の感受性の程度によって異なってくる。しかし、深層においては、すべての少女は「かぐや姫体験」をしている。

翁と娘

『竹取物語』には翁と嫗（おうな）が登場する。しかし、物語はもっぱら翁のことについて語る。かぐや姫を見つけたのも翁であるし、それ以後、かぐや姫をかばったり、嫁に行くことをすすめたり、翁と美しい娘との関係がいろいろと語られる。最後になって、かぐや姫が天の羽衣を身につけるまでは、二人の間には細やかな情が通い合っている。

美しい乙女の後楯としての老翁という組み合せは、物語に非常にしばしば登場する。この際、老人は保護者であったり、外の世界への仲介者であったり、時には、娘を保護しようとするあまり、結局は娘の自立の妨害者であったりする。かぐや姫と竹取の翁の場合は、翁が最初は姫の保護者としての役割を果たす。そして、姫が年頃になったときは、その婿選びのための仲介者となる。彼はそれでも、自分が姫と血縁関係のない点をよく自覚し、自分の自由にはならないと考え、支配的にならなかった。

『竹取物語』では、いわゆる難題婿のテーマが語られる。この際、この難題を提出するのが美女であるときと、美女の父親であるときがある。父親の場合は、めったな男に娘を渡してはならないという気持と、それを一歩進めて、最愛の娘を他人に渡してなるものか、という気持もある。かぐや姫の場合は、難題もすべて自分が出し、候補者の男性たちがつぎつぎと失敗するのを冷たく見ており、むしろ、竹取の翁の方がおろおろとしているのが特徴的である。

　老いたる父と娘の話と言えば、その祖型とも言うべきものが、日本神話におけるスサノヲと、その娘スセリヒメとの組み合せである。彼らの住んでいる黄泉の国にオオクニヌシが訪れてくる。スサノヲはつぎつぎと難題を提出して、時には、オオクニヌシの命も危ないほどになる。ところが最後のところで、若い二人が手に手を取り合って逃げ出すときには、大声で二人の将来に祝福をおくる。老いた父の心に生じる両価的（アンビバレント）な感情がうまく語られている。

　娘の方も老いたる父との結びつきが濃いときは、それほど単純に若い男の心になびかない、ということにもなる。『源氏物語』の「宇治十帖」の大君も、かぐや姫の系譜を引く人物と考えられるが、彼女とその父親、宇治の八の宮との関係は注目に値する。彼らの関係の緊密さが、大君の男性の拒否のひとつの要因となっているように思われる。

先に「かぐや姫体験」をしたと述べた、『寝覚物語』の主人公、中の君にしても、彼女と父親との関係は実に深い。ここでも、中の君は、この物語の主人公(中納言)にだんだんと心のなかでは愛を感じるようになりながら、彼と結ばれるのを避けよう避けようとしている。これは、中の君が世間の考えや批判を考慮してのことと言えるが、そのような判断の陰には、いつも彼女の父親、太政大臣が存在している。父の力の方が愛人よりも強いと言っていいだろうか。

娘にとって、父親がその精神性の体現者として存在しているときは、父と娘という個人的感情を超えて、「父なるもの」と呼ぶべきような超越的な存在との関係にまで変化してしまう。そうなると、彼女のところに夫や愛人として現われてくる男性は、父なるものとの比較において、どうしても劣った者として判断されてしまう。『寝覚物語』の中の君の場合は、このような心情もはたらいていた、と思われる。ここに述べた父―娘結合の問題は、現代日本の問題でもある。

王朝時代の父と娘の問題は、もうひとつ厄介なことに関連している。この時代において、最も実際的な権力を握っているのは、天皇の外祖父であった。天皇ではなかった。これが摂関政治の特徴と言えるかも知れない。天皇は形式的には最高の地位であったが、それより偉いのが天皇の母である。国母と呼ばれた。そして面白いことに、国母の父親、つまり、天皇の外祖父が一番偉いのである。これは、完全な父系による権力の授受の構造とまったく異なっている。そのような考えに従うと、父―息子という軸が最も大切で、ここには男性のみの系列があり、女性の入りこむ余地はない。

これに対して、日本では父―娘、母―息子という軸がうまく重なって、祖父―母―息子という三幅対が重視される。このために、平安時代の権力者は最高位を狙うためには、まず素晴らしい娘をもつこと、その娘を天皇に差し出し、そこに男の子が生まれることが前提条件となる。その男の子が天皇になれば、万事めでたしということになる。

このために、父親は娘に対して愛着を感じると共に、それが強力な政争の具である、という認識もあるので、話がよけいにややこしくなる。それは、心理的にも政治的にも大切な存在なので、父親としては複雑な心境に立たされるときがある。ただ、先に述べた『源氏物語』の八の宮とその娘、大君との場合は、八の宮が政治的野心をまったく放棄しているので、前記のような複雑な心のはたらきがなく、ひたすら娘を愛している、というようになるので、かえって大君も自由でなくなるところがある。

祖父―母―息子の組み合せにも考えを寄せつつ、老翁と娘のことを論じはじめると、王朝物語のすべてについて言及する必要が生じてくる。このことは、また機会をあらためて詳しく論じた方がよさそうである。

かぐや姫の系譜

既に例をあげて論じてきたように、かぐや姫は、実に大きい影を王朝文学全体に落としている。『源氏物語』のなかの、紫の上、大君、浮舟については既に述べた。あるいは、『寝覚物語』の中の君も、「かぐや姫体験」をその中核にもつ女性であった。他の作品について詳しく論じはじめると、王朝文学のすべてに関連してくる。ここでは、気がついた特徴的な例に少し触れることにして、本章を終わることにしたい。

かぐや姫の系譜を王朝物語に探すと、いくらでも出てくると言えるだろう。『源氏物語』や『寝覚』については、既に述べた。その他の物語を見ても、「結ばれぬ恋」に悩む男女の主人公の姿が多く認められる。そこには、必ずしも女性の「結婚拒否」が認められるとは限らないが、これは、日本の王朝物語に一貫して流れる重要なテーマと言えるだろう。それは『狭衣(さごろも)物語』にも見られるし、『浜松中納言物語』においてもそうだ、と言える。相思相愛の男女が一夜だけ結ばれ、後は会うことさえ難しくなる、という場合もある。

これら多くのかぐや姫の系譜を引く女性たちのなかで、『宇津保物語』に出てくる貴(あて)宮(みや)は、多くの求婚者をつぎつぎと断る点において、かぐや姫に類似している。もちろん、それだけ多くの男性を惹きつけるのだから、絶世の美人なのである。ただ、『宇津保物語』は『竹取物語』ほどファンタジーの世界に飛躍できないので、貴宮も月世界に帰るというわけにもいかない。最後は現実的になって、皇太子と結婚することになる。ここでは、皇太子との結婚というのが、俗世界と離れた世界に入っていく、という意味合いをもったものであろう。

国文学者の高橋亨は、「作り物語」の系譜は「『竹取』から『宇津保』『源氏』へと三つの作品がストレートにつながって中心をなしています」と指摘している(高橋亨／河合隼雄の対談「宇津保物語——作り物語のダイナミズム」『続・物語をものがたる』所収)。『源氏』における「かぐや姫」の系譜は既に紹介したが、それでは、『宇津保』ではどうなっているのだろうか。

高橋亨との対談より生じてきた意見であるが、筆者は、かぐや姫のイメージが『宇津保物語』では、既に述べた貴宮と、俊蔭の娘とに分離していくように思っている。祖型としてのかぐや姫が現実化されていく間に分化されていくのである。貴宮は絶世の美人で、多くの求婚者を拒絶するタイプ。これに対して、俊蔭の娘はかぐや姫と同じような「超越性」を少しそなえている。いうならば、かぐや姫の姿が少し外的現実に引き寄せられるときに、貴宮と俊蔭の娘に分かれる。ここで、俊蔭というのはファンタジーの世界に足を踏み入れている、と言ってもよく、日本の外の国で、半分ファンタジーのような話のなかで、琴の名手となって帰国してくる。彼の才能は、彼の娘に継承されるが、彼女は一時は、山奥の木の「うつほ」のなかで暮らすようなことをする。つまり、「この世」とは少し離れた存在なのである。

俊蔭の娘の生んだ子の仲忠は素晴らしい男性で、彼も先に述べた貴宮に心惹かれる。ところが、この二人は結ばれることはなく苦悩が続く。貴宮はかぐや姫と異なり、皇太子と結ばれるが、要するに、仲忠の手の届かない世界の人となるわけである。この仲忠のイメージは、『源氏物語』の薫へとつながっていったとみることができる。やはり『宇津保』は、『竹取』と『源氏』の間に位置しているのである。

これ以上、かぐや姫の系譜を追い求めることはやめるが、これまで述べてきた点から、いかに『竹取物語』が「物語のいできはじめの祖」であるか、が了解されたことと思う。そして、その中核に存在する「消え去る女性」のイメージ、その美意識は日本文化を支える重要な要素であり、現代に至るまで、ながながと続いていることが了解されたと思う。

第三章　殺人なき争い

物語と殺人

平安時代の物語を読み進んでいくうちに、ふと気づいたのは、「殺人事件」がまったく語られない、ということであった。当時に読まれた物語で現在は読むことのできない、いわゆる散佚（さんいつ）物語のなかに、「殺人」に関するものがあるのか確かめたことはないが、これから論じるような王朝物語の特徴から考えると、おそらくないのではないかと思われる。これは実に稀有なことではないだろうか。古今東西の多くの物語を思い起こしていただくと、よくわかると思うが、そのなかで殺人、あるいは命をかけての戦いが語られているのが実に多い。たとえば、シェイクスピアの多くの傑作のなかから、「殺人」の部分を抜き取って劇を再構成すると、どのようになるだろうか。『ハムレット』、『オセロ』、『マクベス』すべて、まったくの骨抜きになるだろう。

『源氏物語』を筆頭に、『宇津保物語』や『狭衣物語』など、相当な長篇を含む、これらすべての物語のなかで、殺人、あるいは人を殺そうとするほどの争い、というのがまったく語られない。後にも述べるように、少しは争いの場面が語られるが、抜刀しての戦いは一度も出てこない。これはまったく不思議なことである。

フロイトが人間の欲望の根本として、性を重視したことは周知のことである。これに対してアドラーは権力への意志を重視した。以来、深層心理学において、人間の基本的な欲求として、エロスとパワーということが、少しずつニュアンスは異なるにしろ、強調されてきた。それを見てもわかるように、人間についての「物語」においては、エロスとパワーということが二本柱のように重要になってくるのが普通である。自分の力を外に向け、できるだけ多くを自分の支配下におきたいという欲望が誰にも存在する。しかし、自分だけではなく、他人も同じことを願っているのだから、そこには戦いが起こらざるを得ない。そして、戦いの極まるところ、相手を亡き者にする、ということになってくる。そうなると、相手を殺すにしても、いろいろな方法が考えられる。また殺された者の友人や親族からの報復もある。このようにして「物語」はいくらでもふくらんでいくはずである。

このように考えると、殺人ということは物語を構成する重要な要素であると思うのだが、それが平安期の物語には全然出てこない。これは歴史的事実としても、殺人が非常に少なかった珍しい時代だったのではなかろうか。今回、中心的に取りあげようとしている『宇津保物語』においても、王朝物語に珍しく、政争については語られるのだが、そこで殺人に結びつくようなことがまったく出てこないのである。ただ一カ所、殺人について語られるところがある。それは「祭の使」の巻で、藤原季英（すえふさ）という、貧困のなかでも学問に励む学生（がくしょう）が出てくる。彼が自分について、「父の成蔭（なりかげ）左大弁は参議であったが、武士（つわもの）に殺されて」と語るところがある。こんなのを見ると、やはり「殺人」という事件はあったのだろうとは思うが、事実としては少なかったのではないだろうか。いずれにしろ、この殺人は物語全体としては重要なことではない。

　公卿も太刀を持っている。しかし、その太刀を抜いて戦うなどということは、まずなかったのではなかろうか。『宇津保物語』では、貴宮（あてみや）という女性をめぐって多くの男性が結婚したいと努力を重ねるのだが、そのなかの一人、大宰帥滋野真菅（だざいのそちしげのますげ）という六十歳くらいの宰相の場合が、やや戯画化されて描かれている。そのなかで、彼が太刀を抜くところがある。真菅は老いの一徹で貴宮が結婚してくれると思いこみ、家まで新築して待つ。ところが、「貴宮」の巻に語られるように、貴宮は東宮に入内してしまう。それを知って彼はかんかんに怒り、朝廷に訴えるために家を飛び出そうとする。家人はそんな無法なことをしてはいけない、と止めようとすると、怒り狂った真菅は太刀を抜いて、「お前たちの首を切るぞ」とばかり、ふりまわす。このために家人は彼の行為を止められなくなるが、ここで、彼が家人を殺したとは書かれていないし、おそらく脅しのために太刀を抜いたものと思われる。

人間の基本的欲望ともいえる「攻撃性」ということをほとんど不問にして、しかし、多くの素晴らしい物語が生み出されたことは特筆すべきことと思われるが、それはまた、どうしてなのか。そして、そのような物語は何を描こうとしたのか。これらに答えることが、王朝物語の特性を明らかにすることになると思うが、それを考える上で、ここでは『宇津保物語』を特に中心として取りあげたい(以下は『宇津保物語』日本古典文学大系10―12、岩波書店、一九五九―一九六二年、および浦城二郎『宇津保物語』ぎょうせい、一九七六年、による)。

『宇津保物語』と争い

『竹取物語』より『源氏物語』に至る間に、『宇津保物語』、『落窪(おちくぼ)物語』という二つの大切な物語がある。『宇津保物語』に関しては、『源氏物語』のなかにも言及されているし、相当に影響を与えたものと思われる。『宇津保物語』は、『竹取物語』に示された「かぐや姫」のイメージを引き継ぐ貴宮の話を、その重要な要素としているが、それだけではなく、琴の音楽の継承というテーマもある。それと終わりの方に語られる政争(「国譲」として語られる)の話が、その他の物語には語られていない内容として注目される。これらのうち、かぐや姫のことに関しては前章に述べた。音楽に関することは次章に取りあげるとして、ここでは、政争およびそれと関連しての争いということに注目してみたい。

王朝物語を読むと、登場してくる男性の公卿たちは、もっぱら美しい女性を求めて、なんとかして会いたいものと努力を重ねる。和歌をつくったり、贈物をしたり。当時の男性はそのようなことばかりしていたのか、というと、そんなことはない。もちろん、これも大切なことであったろうが、彼らは朝廷から与えられる官職について、その仕事に励んでいた。そして、彼らの最大の関心事は、その官職がいかに上昇していくか、ということであった。『宇津保物語』のなかにも、官職を失うと、その一家がどれほど窮乏に陥るか、ということが語られている。

先に少し触れたが、父親が武士に殺されたという藤原季英は、学生として能力がありながら、貧しいために勧学院の博士たちから無視されてきた。とうとう自分の才能を左大将に認められたとき、博士たちが薄情で貪欲で、袖の下を持っていく者を能力にかかわらず抜擢することを訴えている。おそらく、当時は相当に「袖の下」が横行していたのではないかと思われる。

それと注目すべきことが「嵯峨院」の巻で語られる。これは貴宮をめぐる恋人たちのなかの滑稽譚のうちのひとつだが、上野（かんつけ）の宮という年寄りの皇子が貴宮を強奪しようと計画するが、貴宮の父親、左大将の藤原正頼がそれを知って、ある女性を替え玉にする。上野の宮はそれと知らず強奪に成功して喜んでいる(このことは「藤原の君」の巻に語られる)。ところで、問題の箇所というのは、平中納言正明が正頼と話し合うところである。正明が宮中で、ふと「左大将は病気ではないか」というと、上野の宮がそれを聞いて、かんかんに怒り、自分のような身内のおる前で何を言うか(彼は左大将の娘、貴宮の夫と信じている)、お前は左大将が病気になればいいと思っているのだろう、というようなことをわめき立てる。そして、「大将を呪い殺しても、中納言の上にはたくさんの人がいるのだから、あなたがすぐ大将になれるものでもない」と言う。

上野の宮の話は滑稽化して語られているのではあるが、このようなところを見ると、誰か他人を亡き者にしようとする呪詛などは、行われていたのではないかと推察される。しかし、自分の出世のために誰かを毒殺するとか、暗殺するとかいうのは、まったく語られないのである。

ところで、これほど男たちは官位のことにこだわっているのだが、そのことは「物語」の対象にほとんどならなかった。ただ、『宇津保物語』のみがそれを語っている。それが終わりの方にある「国譲」と称する上、中、下の三巻である。話を簡単に言えば、東宮は貴宮を入内させて、その間にすでに男の子をもうけている。ところが、東宮には他にも妃としての女性が当然多くいる。そのなかで梨壺(なしつぼ)は、兼雅右大臣の娘である。その梨壺に男の子が生まれたのだ。そこで、東宮が即位して帝となるときに、どちらの皇子を皇太子とするか、という問題が生じてきた。つまり、どちらが皇太子になるかということによって、貴宮(藤壺と呼ばれる)の方の家族が、それ以後栄えるのか、梨壺の方が栄えるのか、まったく異なってくる。したがって、これは家と家との戦いである。

藤壺の側は、その父親が左大臣正頼で、すでに実力ナンバーワンと言っていいほどの人物。その子どもたちを見ると、息子も娘も多く、息子たちは高い位についているし、娘たちも相当なところに嫁いでいる。長女は朱雀帝の女御として寵愛を受け、仁寿殿女御と呼ばれ、皇子四人、皇女三人の母となっている。また、九番目の娘、貴宮は、既に述べたように絶世の美人で、東宮の女御になっている。このようなわけで、正頼の権勢は比べものにならぬほど強く、それに東宮は数ある妃のなかで貴宮(藤壺)を特別に寵愛しているのだから、彼の方の優位は動かぬように見える。

それにもかかわらず、敢えてそれに対抗しようとする張本人は、朱雀帝の后で東宮の母の「后(きさい)の宮(みや)」である。彼女の論理によると、昔から后の宮になるのは藤原の一族に決まっていて、一世の源氏の娘が后になって、その子が東宮になった前例がないという。藤原正頼は藤原を名乗っており、権勢もあるが、実は一世の源氏なので、その娘の藤壺の子が東宮になるのはいけない、というわけである。そこで、自分の一族の方の兼雅の娘、梨壺の子を東宮にせよと主張する。このために、藤壺系の正頼と、梨壺系の兼雅との対立という構図ができあがった。

いかに戦うのか

これが他の物語であれば、両家の間にいろいろな権謀術数が行われたり、時には武器を持っての戦いさえ生じるであろう。しかし、両者の間には戦いはなかった、と言いたいほどなのである。これを、いったい政争と呼んでいいのかさえ、わからぬほどである。ただ、既に述べたように、后の宮のみは相当に活動的である。自分の親族の忠雅太政大臣と兼雅右大臣を、息子たちも連れてくるように、と言って呼びつける。そして、先に紹介したような論理を展開して、自分たち一族の恥にならぬように、心を合わせて頑張るようにと言う。ところが、忠雅太政大臣は、皇太子のことは天皇自身が決めるべきと思うので、今の東宮が即位したときに自ら決定すればよいと言う。そんなことをすれば、東宮は自分の一番の気に入りの藤壺の子を皇太子にするに違いない、と后の宮は言う。そこで、皆が心を合わせて東宮に梨壺の子を皇太子にするように進言すべきだ、と彼女は主張する。

これに対して、后の宮の兄の兼雅の答えが興味深い。そこにいる、忠雅太政大臣とその息子二人はそれぞれ、正頼の娘たちと結婚している。それに兼雅の一人息子、仲忠は、正頼の娘、仁寿殿女御の娘の女一の宮と結婚している。そんなわけで正頼の家と自分たちの家は婚姻関係で結ばれている。もし、自分たちがこんな相談をしていると知ると、正頼は自分の娘を婿のところから引きあげさせ、仁寿殿女御は帝のところから、藤壺は東宮のところから退出させてしまうかも知れない。そうなると世の中が大変なことになるので避けたい、というわけである。つまり、男たちは戦う気はない。

后の宮はおさまらない。「あなた方は、正頼の娘の他には女はないと思っているのか」と立腹し、ついには、自分の娘の皇女を太政大臣の北の方にするから、とまで言う。そして、仲忠が、藤壺は非常に聡明な人だと言うと、「そんな女は神罰にあたればよい」と呪いをかける。相当な勢いである。

后の宮は朱雀帝にも自分の意見をぶっつける。しかし、帝は東宮が即位後に自分の好きなようにすべきだと言うので、后の宮は帝を恨めしく思う。朱雀帝は退位し、東宮が帝となる。帝はすぐには誰を東宮にするか言わない。后の宮はあきらめず、兼雅を内々に呼び出し、仲忠が反対するようだったら親子の縁を切れとまで言うが、成功しない。

一方、正頼の方はどうしたであろうか。后の宮の強引な方法が噂として伝わったためか、内裏はもちろん、世間の人々まで、梨壺の皇子が東宮になるらしい、と思いはじめる。このため、藤壺を通じて昇進のことを頼みたい、とその周囲に集まっていた人たちがだんだんと離れていく。ここで不思議とも思われるのは、既に述べたように、太政大臣忠雅の息子たちは正頼の婿になっているのだから、自分たちは梨壺の皇子を立てようなど思っていない、と言えばよいのに、心のなかで世間の評判を正頼はどう思っているだろう、自分たちは何も関係していないのに……と思いつつも、何も言わないのである。そして、正頼といえば、「もしも梨壺の皇子が東宮になったら、すぐにも出家しよう」と決心している。戦う意志がまったく見られないのが、実に印象的である。

藤壺は、そのときどうしただろうか。彼女は出産のために内裏から父親(正頼)の屋敷へと退出していて、帝に会う機会はない。彼女は、かつて帝が東宮の時代に彼女の皇子を、いつかは皇太子にすると約束したことを信じていたのだが、だんだんと、それも疑わしく思いはじめる。そして、もし梨壺の方に話が決まれば、自分も尼になろうと決心している。父も娘も、要するに負けたときのことばかりを考えている。

そのうち、正頼左大臣の邸を訪ねるものは誰一人いなくなってしまう。その反対に、兼雅右大臣や、その息子の仲忠大将の邸は訪問客で溢れそうになる。正頼は梨壺の皇子が東宮と決定されたら、即刻剃髪して山へ籠ろうと、行くべき山の手配をしたり、法服の用意をしたりしている。

立太子決定の日が、また大変である。正頼は朝早くから、「何も聞きたくない」と塗籠(ぬりごめ)のなかに入りこんでしまった。正頼の妻で藤壺の母の大宮も、もうじっとしておられない、と塗籠のなかに入った。そこで息子たちは仕方なく、その戸口の左右に並び嘆き悲しんでいた。立太子決定のため左大臣正頼に、参内せよと命が下るが、塗籠のなかの正頼は返事もしない。結局は、帝は太政大臣忠雅を呼び、決定を書いた封書を渡す。この後も、少しすったもんだするが、略すとして、結局は、立太子決定を太政大臣が正頼に手紙で知らせる。手紙を見せようと塗籠を開けると、正頼は頭から蒲団をかぶってうつぶせになっていた。大した左大臣である。

帝の決定は「藤壺の皇子」であった。正頼はそれを聞くと、すっくと立ち上がり、藤壺に知らせたか、と言う。藤壺は報告を聞くとにっこりして、帝の約束にまさか間違いないとは思っていたが、世間の噂がやかましいので不安だった、と言う。父親に比べると、ずっと落ち着いた感じである。ともかく、このようにして「政争」は片がついた。それにしても、あまりにも「争い」のない政争ではあったが。

争いと対話

この「政争」劇を見ていて、現代的感覚から不思議に思う人が多いのではなかろうか。既に紹介したが、正頼とその婿たちとの関係で、この大切な件で何の話し合いもない。正頼は婿たちが冷淡だと思っているし、婿たちは心のなかで「自分たちは、この件に何も関係していないのに、正頼(義父)はどう思っているのだろう」とつぶやいているだけで、直接の対話がない。

直接の対話と言えば、そもそも藤壺がいかに退出中とはいえ、帝に手紙を出し、「立太子のことはどうお考えです」と訊いてみないのか。あるいは、もう一歩進めて、「前からのお約束どおり、私の子を皇太子にしてくださるように」と、どうして言わないのだろう。

もっと面白い例がある。后の宮はただ一人、強引に直接的に自分の意志を通そうとした人だが、その策略のひとつとして、忠雅太政大臣に自分の娘を北の方として与えようとする。ところで、忠雅はすでに結婚しており、その相手は正頼の娘、六の君である。つまり、忠雅が婚姻関係で正頼側についているのを、あらたに魅力的な女性(と后の宮が考える)をあてがって自分の側に引き入れようとする。当時は一夫多妻の関係だから、このような考えも実行しやすい。

ところが、藤壺が女御になったので、その姉妹が藤壺の退出している正頼の屋敷に集まってお祝いを述べた際に、后の宮が太政大臣忠雅を呼び出して、自分の姫のところに閉じこめようとしているという噂を、六の君は聞かされて驚いてしまう。六の君は「そんな美しい姫のところに閉じこめられたら、忠雅は自分など振り向きもしなくなるでしょう」と、すっかり悲観してしまい、引き続いて正頼邸に留まり、夜昼泣いてばかりいた。

事情のわからない忠雅は、たびたび迎えの使者を出しても、北の方である六の君が帰ってこないので、自ら正頼邸を訪ねてくる。これに対して、北の方は直接的に質問をしないところが特徴的である。「姉妹たちが大勢集まって混雑しているので、お会いする場所もありません」と言う。忠雅はともかく拒否されていることはわかるが、なんとも仕方ない。ともかく直接に会いたいというのに、北の方はどうしても会わなかった。結局、藤壺の皇子の立太子が決定された後に、六の君の忠雅に対する疑念が解けて両者は和解する。それにしても噂を知った時点で、六の君が夫の忠雅にそのことを尋ねれば、すぐに問題は解決しただろうに、直接に話し合うことすら避けたりするから、話が面倒になったと思われる。現代感覚からすると変に感じる、と先に述べたのは、このような点である。

夫婦の対話としては、もうひとつ印象的なのがある。仲忠とその妻、一の宮との会話であるが、それについて述べる前に、二人の関係について少し説明しておく必要がある。仲忠は『宇津保物語』の主人公と考えられるような男性である。立派で美しく、帝をはじめ誰からも尊敬されている人物である。彼は貴宮を意中の人としていたし、貴宮もほのかにではあるが、それに応じる気持をもっていた。貴宮は十指にあまる多くの男性から恋文を貰いながら、非情なほどに返事を出さなかったが、仲忠にだけは返事を送ったりしている。

しかし、自分の娘をなんとか東宮の妃(ひいては帝の女御となる)にしたいという両親の望みと、東宮自身の意志によって、貴宮は東宮のところに入内する。仲忠は悲嘆するが、帝の命もあって、帝と仁寿殿女御の間に生まれた一の宮を妻にする。仲忠は最初は気が進まなかったが、一の宮に美しい姫君、犬宮が生まれたこともあって、一の宮を心から大切にするようになる。しかし、仲忠と貴宮の心は、潜在的には惹かれ合うものを常に蔵している。

このようなことがあるので、政争のときの仲忠の立場は微妙であった。自分の親族のことを考えると、彼は梨壺側である(梨壺は彼の異母妹)。だからこそ、后の宮の陰謀の際に、彼は父親の兼雅と共に呼び出されている。しかし、このときに彼は后の宮に対して、貴宮は実に聡明な人だと言って不快感を買っている。彼の本心は自分の親族よりも貴宮の幸福を願ったのではなかろうか。

ところで、仲忠と一の宮の会話である。「国譲」下の巻によると、二人は次のような会話をする。仲忠は一の宮に、自分は噂になっている事件には関与していない、と弁明する。自分は、最近は父親の邸も訪ねたこともない、と。ところが、一の宮は「火のないところに煙は立たない」と言う。直接に父親に会ってないなどと言っても、それは謀略に無関係であることの証拠にはならないと、強硬である。仲忠は「いったい私たちがどうしたというのです」と訊きただす。一の宮は「あなたは空とぼけているが」、太政大臣や后の宮と謀略をめぐらしていると言う。仲忠は、これ以上の説得は不可能とみて話題を変えてしまう。

ここでは、仲忠は忠雅の例と異なり、直接に弁明している。しかし、それは通じない。どうしてなのか。どうして一の宮は夫の言葉を信じないのだろうか。ここでおそらく、一の宮の一番言いたかったのは、「あなたは私のことを一番大切に思っていないでしょう」ということ、そしてその背後には、「私よりも愛している人(貴宮)がいるでしょう」ということだったのではなかろうか。ここでも、本当の会話は間接的になされている。

日本人の美意識

ここまで書いてくると、現代感覚では『宇津保物語』の会話は不思議だ、などと言えない気がしてきた。仲忠と一の宮のような夫婦の会話パターンは、現代日本の夫婦の会話にそのまま当てはまることが多いのではなかろうか。本当に言いたいことを言わずに他のことを言うことによって、それを悟らせようとする。あるいは、誰かが何かに怒って発言すると、「本当は何を言いたいのか」を周囲の者がいろいろと推量する。このようなことは、夫婦の会話とは限らない。現代日本のあちこちの会議で行われていることではなかろうか。このように考えてくると、貴宮と帝、六の君と忠雅の間のディスコミユニケーションのことなど笑ってばかりもおられない、と思われてくる。これは日本人にとって、実に根の深い現象ではなかろうか。

このようなことが生じる基礎に、日本的な美意識とでも呼びたい傾向が存在している。それは、直接的な争いをなるだけ避ける、という点と、亡びの美学という点とがあるようだ。後者の方で言えば、政争に関してとった正頼や貴宮の態度にそれが見られる。勝つ努力をするよりは、負けたときに世間に笑われないように、出家の準備を整えることに力をつくす。これと対照的なのが、后の宮である。彼女は勝つためにできる限りのことをする。その描写を読んでいると、これは「悪役」として仕立てられるために誇張されているのではないかとさえ感じられる。亡びの美学に従っている側が「よい方」として、最後は勝利するお話なのではなかろうか。

蛇足のようだが、争いをなるだけ避けるということは、けっして争わないことを意味しない。できるだけ避けてはいるが、「もうこれまで」と思ったときの争いは、かえって無茶苦茶になる。これは現代の日本人の行動パターンや、日本の歴史を見てもわかることである。しびれを切らしたときには、美意識を貫くほどの強さはもっていないようだ。これは平安の物語とは関係のないことだが、日本人の一般的傾向として述べておく。

間接的な会話ばかり紹介したが、極めて直接的な夫婦の会話が『宇津保物語』にあるので、それについて少し触れる。それは、もう物語も終わりとなる「楼の上」上の巻にある。仲忠は、母親から伝わってきた琴の奏法を自分の娘の犬宮に教え伝えようと決心し、そのための邸を京極に建てる。そして、妻の一の宮に、琴を教える間、犬宮も自分もそちらに住み、一の宮に会わないと言う。このときは、実にきっぱりと自分の意志を伝える。これに対して、一の宮も、そんなのは辛抱できないと、はっきり言う。そこで仲忠は、心配しなくとも夜には一の宮をときどき訪ねていくと言う。これに対して、一の宮は、仲忠などに会わなくてもよいが犬宮に会いたいのだと、これまた実にはっきりと言う。仲忠は辟易しながらも、魂をこめて本気にやらないと琴の伝授などできない、一の宮がどうしても反対なら仕方がないが、それなら自分は犬宮には今後、何も教えないと言い切る。これには、さすがの一の宮もしぶしぶ従わざるをえない。

日本の美意識に従って、后の宮以外の人物は、極めて間接的な表現で無言によって意志表示をする。あるいは、ともかく亡ぶことを前提として行動するというパターンが、ここでは破られている。特に理想の男性として描かれているかに思える仲忠の言葉として、前述のようなことが語られているところが興味深い。

これはおそらく、官位昇進や親族の利害ということと、琴の演奏の伝承ということが、まったく異なる次元のこととして受けとめられているからではなかろうか。それは個人の利害を超越する。音楽については次に論じるとして、俊蔭—俊蔭の娘(仲忠の母)—仲忠と伝えられてきた系譜を娘の犬宮に伝えることは、天皇の系譜と同様の重みをもっている。その自覚に立って、仲忠は、ここでは妻に極めて直接的に語っているが、それは美意識を破るものではない、と考えられていたのであろう。

自然による解決

政争は帝の判断によって適切な解決を得た。しかし、この政争が強い「争い」にならなかった要因のひとつとして、后の宮の謀略に兄の兼雅が乗らなかったことがあげられる。その子の仲忠の場合は、貴宮に対する気持が作用したと思うが、兼雅は梨壺のために動いても不思議ではない。しかし、彼は梨壺の皇子が東宮になると、「われわれの身内にとっては結構なことだが、それでは世の中がたいそう騒がしくなる」というわけで、一貫して藤壺側を支持している。つまり、個人の利害を超えて、世の中全体の流れの方に従っているのである。このような態度が強調されることによって、王朝文学のなかに殺人に至るような争いが生じない、と考えられる。

戦いが回避されるという点で、極めて印象的な話が『落窪物語』に語られている。この物語の女主人公は落窪の君と呼ばれ、継母から迫害されて育つ。そのことについては、また後に論じるとして、ここには次のようなエピソードを紹介する。

落窪の君は継母にいじめられるが、彼女を愛してひそかに訪ねてくる貴公子が出現する。ただ、おきまりのように、このことは継母に発覚して、かんかんに怒った継母によって、落窪は物置に侍女と共に閉じこめられる。その上で、継母は遠縁の典薬助(てんやくのすけ)という老人を呼び出し、この娘はお前の好きなようにしていい、と申し渡す。典薬助は喜び勇んで、夜更けてから物置小屋にやってくる。

これに類似する場面は、古今東西の物語で、どれだけ語られてきたかわからない。美しい弱い女性が男性の毒牙にさらされている。このサスペンスを、どのように解決するかは物語の腕の見せどころである。

これが、典型的なかつての西部劇だと、美女を襲うのは荒くれ男であり、それに対して恋人の男性が敢然と戦いを挑み、ついに勝利を収めるということになる。これは、物語の解決には絶対に戦いが必要であり、そこにおいて「正しい者は必ず勝つ」という人生観がある。これは古いパターンではあるが、現代でも多くのアメリカ人を支配している物語と言っていいだろう。これが少し変形されて「勝つ者は必ず正しい」というふうに受けとめられているときもある。身体的な戦いがないときでも、世界中によくある物語として、主人公あるいは脇役の知恵によって、つまり、智力による戦いに勝利することによって、危機的場面が解決される、というのがある。ここにも戦いがあると言えば言えるだろう。

ところで、わが国の『落窪物語』は、そのいずれによる解決法にも従わなかった。典薬助は夜更けに物置小屋へやってきたが、なかにいる女性は必死になって戸に突っ張り棒をしたりして開かないようにする。じいさんもやっきになって戸を開けようとし、どこからか入れないかと、物置小屋をまわっているうちに、冬の寒さのためにだんだん冷えこんで腹の状態がおかしくなってきた。とうとう不覚にも下痢をしてしまい、じいさんはあわてて下着を洗いに行き、ごしごしとやっているうちに夜はだんだんと明けてきて、結局のところ、じいさんは失敗してしまう。

ここでは、人間の腕力も智力も使われず、戦いは起こらない。いうならば自然現象が解決をもたらしたのである。物語を読むと、じいさんの腹が「ひちひち」と鳴り出した、などと詳細な記述があり、思わず笑い出してしまう。このような危機状況の解決法としては、おそらく世界の他の物語には見出せないユニークなものではなかろうか。自然のはたらきが人間の計らいを超えるのである。

このようなことも勘案しながら、『宇津保物語』の全体を眺めてみると、そこにはいろいろな主題が出てきて、雑多に語られて物語の一貫性を欠いているという批判よりも、むしろ、全体を一貫して、人間の計らいを超える流れを描こうとしたのではないか、と思えてくる。首尾という点で言えば、それは音楽にはじまって、音楽に終わっている。しかし、それは、単に音楽の奏法の伝承などということではなく、音の流れが、既に述べた人間世界の底流に流れるものの、ひとつの象徴として語られているのではなかろうか。

そのような滔々と流れる流れのなかで、仲忠と貴宮という好ましい男女の恋が語られている。しかし、それも、所詮、人と人との間における、個人の意志であって、底流する流れに逆らってまで成就されることはない。それが成就しないことを、せめて悲しく美しい話として物語ることくらいが、人間のできることではなかろうか。こんなことを『宇津保物語』は述べているようである。

第四章　音の不思議

音と匂い

人間は目の動物（アウゲン-ティーア）などと言われるほど、視覚を大切にしている。五感のうち一番重要なのが視覚で、聴覚、嗅覚、味覚などは二の次、三の次になる。そして、触覚が最も退化していると思われる。

王朝物語には、多くの美男、美女が出てきて、その様子が語られる。その美しさの形容に「にほひ」が用いられるのは、注目に値する。「にほひやか」という形容詞がある。われわれの子どもの頃は、まだ「にほやか」という言葉が生きていたと思うが、今では、これが美しい女性の形容と知る若い人は少ないのではなかろうか。そもそも「にほやかな娘さん」があまりいないのかも知れぬ。「にほひ」は、もともと、赤(丹（に）)などのあざやかな色が美しく映えることを意味しており、それが転じて、嗅覚で感じる「匂」の意味になったようだが、ともかく美しさの形容詞と、嗅覚が結びついている事実は興味深い。

　中国人の日本文学研究者、朱捷は、これに関して次のような指摘をしている(朱捷「「にほひ」にみる日本人の嗅覚」国際日本文化研究センター紀要『日本研究』第十五集、一九九六年)。『源氏物語』(「若菜下」)に、源氏が女性たちについて述べる際に、女三の宮は「にほひやかなる方は後れて」、明石の女御は「いますこしにほひ加はりて」、紫の上は「にほひ満ちたる心地して」と、「にほひ」を連発している。ところで『源氏物語』の中国訳(豊子愷訳)においては、これらの場面の「にほひ」は、「艶麗」、「美麗」などと訳されている。中国語には嗅覚と共通する美の形容詞がないからである。ところが、中国では女性の美しさの形容には、聴覚と結びついた「韻」の字を用いるという。「天姿風韻」という言葉は、女性の美しい姿(天姿)と、そこから漂う雰囲気としての風韻が大切と考える。確かに「にほひ」も、美しい姿そのものよりも、そこから漂い出してくる感じを表わす言葉である。

　日本の漢字「匂」は、朱捷によると、中国の「韵」(「韻」の別体)の右半分からつくり出したものであると言う。明確に捕捉はできないが、ものごとの内面にあるものが、それとなく顕われてくるのを、視覚ではなく、聴覚、嗅覚による表現によって示そうとすることが、中国、日本において行われてきたのである。つまり、「にほひ」は直接的に嗅覚と結びつくものではなく、具体的に表現できない美しさ、顔がどのような顔か、スタイルはどうかなどというのではなく、そこに漂ってくる、つかまえどころのない美を表現するための言葉である、と思われる。

視覚によって把握した現実は、相当に言語化しやすい。しかし、嗅覚や聴覚(音)の場合は難しい。それは、すぐに消え去ってしまって、極端にいえば、あったのかなかったのかさえ危うくなる。しかし、そのような特性をもつからこそ、「にほひ」や「韻」が美人の形容に用いられると思われる。

ところで、王朝物語に登場する男女の逢瀬を考えると、男女が最初に会うとき、暗闇のなかなので、視覚はほとんど役に立たない。聴覚、嗅覚、触覚に頼る世界である。しかし、物語を読んでみると、嗅覚、触覚に関する記述は意外に少ない。おそらく後者は、あまりに直接的なので控えたのだろうが、前者も少ないのである。おそらく「にほひ」は、相当に重要だったろうと思われるが、記述が非常に少ない。

日常的な場面の記述においても、同様である。『源氏物語』には周知の「匂宮」が登場して、「にほひ」が話題となるが、これなど例外であろう。それに比して、王朝物語のなかで、音は実に重要な役割を占めている。

たとえば、『源氏物語』の「夕顔」の巻で、源氏が夕顔の家に泊ったときの様子の記述に、次のようなところがある。この日は八月十五日で、「隈なき月かげ」の記述があるのは常套だが、明け方になって隣の家の話し声が聞こえてくる。このことで夕顔がどの程度の暮らし向きをしているかも察せられる。これに続く文を引用してみよう。

ごほ〱と、鳴る神よりも、おどろ〱しく踏みとゞろかす唐臼の音も、枕上とおぼゆ。「あな、耳かしがまし」と、これにぞ思さるゝ。なにの響とも聞き入れ給はず、「いとあやしう目ざましき音なひ」とのみ、聞き給ふ。くだ〱しき事のみ、多かり。白妙の衣うつ砧の音も、かすかに、こなた・かなた聞きわたされ、空飛ぶ雁の声、取り集めて忍びがたき事多かり。端近き御座所なりければ、遣戸を引きあけ給ひて、もろともに見出だし給ふ。ほどなき庭に、ざれたる呉竹、前栽の露は、猶、かゝる所も、おなじごときらめきたり。虫の声〱、みだりがはしく、壁の中の蟋蟀だに、間遠に聞きならひ給へる御耳に、さしあてたるやうに、鳴き乱るゝを、

(『源氏物語』一、日本古典文学大系14、岩波書店、一九五八年)

柄にもなく原文など引用したが、これを見ると、このわずかな引用のなかに、唐臼、砧、雁の声、庭の虫の声、壁の中のこほろぎ(蟋蟀)と、いろいろな音の描写が盛り込まれている。それに先ほどの隣の人の話し声もあるので、源氏の耳には、実に何種類もの音が聞こえてきたわけである。唐臼の音などは、源氏は聞いたことがなかったかもしれない。このようなたくさんの音の背景のなかで、ほっそりとして、どこかはかない感じ

のする夕顔と源氏は共にいる。

これは、夕顔という女性が何か異界とつながりやすいこと、その後に訪れる、物の怪による突然の死、を予兆しているように感じられる。源氏は夕顔の姿を見、あまりにも可憐な感じなので、もう少し強さがあれば、などと思っている。しかし、聴覚の方は、彼女を取り巻くいろいろな音を捉えていて、理解を超えた夕顔の生き様を潜在的に感じている。音は、このような不思議な効果をもって、物語のなかで語られている。

『宇津保物語』と琴

王朝物語においては、既に見てきたように、「音」が重要な役割を担っている。それが音楽となると、どうであろうか。これまた極めて重要である。物語のなかにさまざまな楽器と、それを演奏する状況が語られる。琴、箏(そう)(箏の琴)、和琴、琵琶などの絃楽器、続いて、横笛、高麗笛、笙(しょう)(笙の笛)、篳篥(ひちりき)、皮笛、草刈笛などの管楽器、それに打楽器もある。これらは単独に奏せられたり、合奏されたりする。現在、これらの楽曲がどの程度に再現されるのかは知らないが、物語を読む限りにおいて、実に絢爛華麗な様相が思い浮かんでくる。

王朝物語における音楽の意義について考えるなら、どうしても『宇津保物語』を取りあげねばならぬだろう。これに語られる「国譲」に関しては前に述べた。しかし、何といっても、『宇津保物語』においては、琴のことを無視できない。冒頭の「俊蔭」、それに最後の巻の「楼の上」の上、下は、まったく琴に関する話である。さりとて、この話を琴の物語として首尾一貫している、と言い切るのには、すぐに賛成しかねる人もあるだろう。というのは、この物語においては、美人の貴宮(あてみや)をめぐる男女の葛藤、それに続く「国譲」のことなどが詳しく語られ、それらはまた非常に興味深い話なのである。したがって、『宇津保物語』の主題は何か、ということが現在まで何度も論じられている。しかし最新のものとして江戸英雄「恩愛と異郷——うつほ物語の主題」(『国文学研究資料館紀要』、一九九七年)が目にとまったが、この課題が未だに専門家によって論じられていることを知った。

『宇津保物語』の主題に関しては、未だにいろいろと論じられるようだが、これが琴の物語であることを強く主張したのは、周知のように、岩波「日本古典文学大系」『宇津保物語』の校注・解説者で「うつほ物語の琴(キン)」(『お茶の水女子大学人文科学紀要』、一九五六年)を書いた、河野多麻であった。そのなかで、彼女は「うつほ物語は琴の音楽が主題であって、全巻を通して琴の尊重と讃美に貫かれ、求婚譚は副次的地位に置かれてゐます」と明言している。その後に書かれた『宇津保物語』の琴に関する論文としては、三苫浩輔「琴の物語——宇津保物語序説」上・下(『国学院雑誌』第六三巻五号、六号、一九六二年)および、野口元大『うつほ物語の研究』(笠間書院、一九七六年)の第五章「うつほ物語の音楽」を参考にさせていただいたが、いずれも周到で興味深いもので、私が今更、何をか言わんやという感じがする。ただ、切り口が異なるので、これらの論を参照しつつ、私見を述べることにしたい。

まず「俊蔭」の巻であるが、野口は「これは元来独立の作品として成立していた」ことを指摘している。確かに、それ以後の巻に語られる事柄と比べると、現実のレベルが明らかに異なっていて、この巻だけは「おとぎ話」のようである。それは一応、俊蔭という実在の人物の漂流譚になっているが、彼の経験したことは、まったく非現実的と言ってもいいだろう。遣唐使として旅立った俊蔭が、船が難破して漂着した「波斯(はし)国」がどこか、などということよりも、彼がその後に出会った人物はすべて現実離れしており、仏や文珠にさえ会っているのである。これは、彼がまったくの「異界」にいたことを示している。前述の江戸英雄の論も、波斯国の異界性(異郷)を強調している。

俊蔭は見知らぬ国に漂着し、不安と悲しみのなかで、一心に観音の本誓(ほんぜい)を念じていると、突然に鞍を置いた白馬が現われ、それによって栴檀(せんだん)の林に至り、琴を弾いている三人の男に会う。そして彼らに琴を習うことになる。つまり、俊蔭は途方もない異界において、琴を習ったのだ。しかし、これでは十分ではなく、俊蔭はだんだんと異界に深入りしていく。

俊蔭は遠くから聞こえてくる「音」に導かれて、桐の大木を切り倒している阿修羅のところに行く。ここで、異界のレベルは前より一段と深くなっている。天から降りてきた童子のもたらした命令によって、俊蔭は阿修羅の切っていた桐の大木の三分の一よりつくられた三十個の琴を手に入れる。ここに至るまで、数字の「三」が重要な要素になっている。三人の男、三年間続く木を切る音、俊蔭が阿修羅に会うまでの三年間、木を三部に分ける、三十個の琴などである。ところが、三年間俊蔭が琴を弾いていると、七人の天女が現われ、ここからは、重要な数が三から七に変わる。詳しくは述べないが、俊蔭が訪ねてゆく七人の山の主、七日七夜の琴の弾奏などである。

数字のもつ象徴性については多くの異論があり、断定的なことはいえないが、三はダイナミックな前進する過程を示し、七はある種の完全性、しかし不思議さに満ちたもの、という意味をもっているように思う。七不思議という考えは、世界中に広がっている考えである。一、三、五、七、と続いた素数がここでひと休み、次は十一までとぶということが関係しているのかも知れない。

このようにして得た、琴およびその演奏の能力をもって、俊蔭は日本に帰ってくる。つまり、異界での体験をもって「この世」に帰ってきたのである。これは、神話、昔話などを含めて、実に多くの物語において見られるパターンで、何らかの意味で「この世ならぬ」体験をした者が、それを、こちらの世界にどのような形でもたらすか、という意味をもっている。異界での体験は、この世のそれとあまりにもレベルを異にするので、それを他の者に伝えるのは極めて困難で、危険ですらある。たとえば、浦島太郎などは、せっかくの異界の体験を、この世にうまくもたらすことのできなかった例、と考えることができる。あるいは『竹取物語』などは、異界から出現してきた、かぐや姫があちらに帰っていくのを、この世の誰も止めることができなかった物語とも考えられる。

俊蔭の場合は「波斯国」にまで行き、仏や文珠に会ったのだから、相当な異界への旅である。そして、彼がこの国にもたらしたものが「琴」およびその演奏、つまり「音」の世界であるのは、高い象徴的な意義をもっている。前節に既に述べたように、それは目に見えず、また手に取ることはできないが、確実に響いてくるものである。ここで、この物語を人間の内界のこととして捉えるなら、人間のたましいから意識に伝わってくる媒体として、「音」こそ、まさにふさわしいものであることがわかるだろう。

人間はその存在を確かなものと感じるためには、たましいとつながっていなくてはならない。それから切れてしまうと、この世の富や地位を得たとしても、底流する不安に脅えねばならない。王権というものも同様である。王権が天皇の血統によって継承され、確立されることは大切であるが、それを支えるものとして、「異界」とのつながりを必要とし、そのつながりの役を務める者が、それを継承していくことも大切である。俊蔭一族は、そのような重要な役割を担っている。彼は異界での体験をもとに、それをはっきりと自覚していた。したがって、まず彼のすべきことは「すべての官職を辞す」ことであった。帰国してすぐに、王権のシステムのなかに入りこむのはあまりにも危険であった。彼の音楽が、どのようにして継承されていったかについて、次の節で論じることとしよう。

音楽の継承

俊蔭は結婚して、一人の娘を得る。既に述べたように、俊蔭はすべての官職を辞すことになるが、その前に、彼の琴の威力を内裏において示すところがある。彼が琴の勢多風(せたふ)(銘)を取って大曲を弾きはじめると、大殿の瓦が砕け、六月中旬というのに雪が降ったりした。ものすごい力である。ここで帝は俊蔭に、東宮に仕え琴を教えるように依頼するが、俊蔭はそれを辞するのみか、すべての官職を辞してしまう。理由は、先に述べたとおりである。

俊蔭は自分の娘に琴を教える。娘が十五歳になったときに、娘の母が死に、ついで俊蔭も死ぬ。俊蔭は死ぬ前に、南風(なんふ)、波斯風(はしふ)の二つの琴が穴に隠されていること、それらは極限的な状況以外には演奏してはならないと告げる。娘は困窮の生活を送るが、そこにふと立ち寄った若い貴公子と一夜の契りを結ぶ。これで彼女は妊娠し、一人の男の子を生む。そして困窮の果てに、山のなかの杉の大木の空洞(うつほ)に住むようになる。

　俊蔭の異界の体験は、それをすぐにこの世の王権のシステムに結びつけるのは危険であった。それを継承した俊蔭の娘は、もう一度「波斯国」にまで行く必要はなかったが、ともかく、日常の世界から少し隔絶されるべきであった。それが、彼女の「うつほ」の体験である。このことによって彼女の琴の演奏はさらに磨かれ、それを、自分の息子へと伝えていく。ここに見事な継承の線、つまり、祖父―母―息子という、血統による伝承が成立することになる。

　父系でも母系でもなく、祖父―母―息子という線をたどるところが、日本の特徴である(実はこれは日本のみとは言えないと思うが)。このトライアッドの重要性は、これまでにたびたび論じたので繰り返しを避けるが、根本は、母―息子のペアが大切で、その組み合せにおける母性の優位を補償するための父性が、血のつながりを重視するために、祖父という形で組み合されているものと考えられる。つまり、『宇津保物語』における主人公は、やはり仲忠であり、仲忠の母子関係の背後に、極めてスピリチュアルな祖父、俊蔭がいる。母と息子との「うつほ」体験の後に、この世へと出てきて、徐々に仲忠は、この世の人として成功していく。しかし、彼の本当の役割は、極めて異質な、この世離れした存在である俊蔭の系譜を継承することである。

　この仲忠を起点として、琴の継承が行われると、それはやはり、父―娘―孫息子という形をとらねばならない。したがって、仲忠は自分の子どものうち、娘の犬宮のみを特別視し、息子にはほとんど関心がない。仲忠の息子は祖父の兼雅を父上と呼び、仲忠を他人のように思って大将と呼んだ、という記述が、「楼の上」上にある。仲忠にとって何と言っても大切なのは、娘なのである。

このように考えると、仲忠と貴宮の恋の実らなかった意味がわかってくる。彼にとって最も大切なことは、琴の継承であって、「この世」のことは大切であるとしても、第二義的である。貴宮は限りなく美しい人であるが、かぐや姫とは異なり「この世」の人である。貴宮がさっさと東宮と結婚してしまうので、もの足りない気もするが、彼女は仲忠を好ましいと感じているにしろ、「この世」の方の王権の継承にかかわるように運命づけられているのである。

貴宮には、実に多くの男性が想いを寄せる。それらに対して彼女はまったくすげない態度を見せ、残酷とさえ感じるほどである。その彼女も仲忠にだけは、返事を出している(「祭の使」)。彼女は明らかに仲忠と結ばれたかったのに、運命に従って東宮と結婚してしまった。仲忠が京極に楼を建て、犬宮に琴の技を伝授したのを、八月十五日に披露するというとき、それをぜひ聴きたいと願う貴宮(藤壺女御)は、父親の正頼左大臣に対して、自分は仲忠の北の方になりたいと思っていたのに、正頼が入内するように無理に計ったのだ、とはっきりと言っている。自分の思いどおりに見たり聞いたりできることこそ、人の世における本当の幸せだ、と彼女は言う。

仲忠にしても、自分の思いどおりの人と結婚するのが、人の世の本当の幸せだ、と言いたいのではなかろうか。他人から見ると、この世の幸せを体現しているかのように見える、仲忠も貴宮も、本当の幸せをつかんでいるのではない。このことは、王朝時代の多くの物語の重要な主題になっている。仲忠も貴宮も、それぞれが従うべき運命があり、彼らの個人的な気持は、その前ではまったく無力なのである。仲忠が「国譲」のときに積極的に動かなかったのも、彼が琴の継承という重大事以外には、全力をもってかかわらないためである、と考えるのが妥当であろう。他のことに関してはいろいろと積極的に動き、また実力もある彼が、自分の一族のために働かなかったのは、いかにも日和見的に見えるし、これは貴宮に対する愛のため、彼女によかれと思って、そうしたのだと考える人もあろう。しかし、この物語の主題から考えてくると、先に述べたような見解に落ち着くのではなかろうか。

琴の継承が成立したとき、仲忠は極めて派手な披露をする。これが、この物語のフィナーレとなるが、それまでは、琴の演奏を他人に聴かせるのを、やたらに辞退している。それは帝からの要請であっても、何のかのと弁解して辞退している。それが王権と同等というべき重さをもつことを、彼が自覚しているからだと思われる。帝の要請にも応じなかった仲忠は、娘が生まれたときは、喜んで琴を弾いている。生まれたばかりの子を懐に入れたまま、龍閣風（りゅうかくふ）を取って「宝生」という曲を弾く。よほど嬉しかったのであろう。

このとき、琴を聴こうとして他の人たちがあわてるのも面白い。特に琴の名手の涼（すずし）中納言が、指貫や直衣を手に持って、衣の前を広げたままでやってくるのが、後々の語り草にもなる。涼としては、何としても聴きたかったのであろう。このとき、仲忠が弾き続けていると、空模様があやしくなってくるのである。そこで、母親に一曲弾くように頼む。彼女の弾いた曲は人々の心を慰め、苦しみを忘れさせるような類であったので、仲忠の妻の女一の宮は産後で寝ていたのに、気分がさわやかになって床の上に起きあがった。いずれにしろ、琴の霊験はあらたかである。

琴の霊験と言えば、話は遡るが、仲忠が涼と競演したときは、もっと印象的なことが生じる。このときは、風と雲、月と星が騒ぎ、雹が降り、雷が鳴りして、最後には、忽然として一人の天女が降りてきて舞いをはじめた。仲忠が琴に合わせて、

朝ぼらけほのかに見ればあかぬかな中なる乙女しばしとめなむ

と謡うと、天女はさらに一舞して後に、天に昇っていった（「吹上」下）。俊蔭が波斯国で琴を習ったとき、七人の山の主の一人が俊蔭の孫として生まれ変わるだろう、と言われ

たが、仲忠は、まさにそれを思わせる演奏で、彼と天とが強く結ばれていることが、ここに示されている。彼の音楽は、天と地をつなぐはたらきをもっている。

帝に琴を弾けと言われ、仲忠が逃げまわるところがある(「初秋」)。これには帝もとうとうあきらめて、仲忠の母を引っ張り出して琴を弾かせる。彼女は奥山の「うつほ」を出て以来、琴を手にしていなかったが、帝の言葉を拒み難く、とうとう琴を弾く。これには帝も感激し、彼女を尚侍(ないしのかみ)に任ずることにする。そして、これが昔だったら、そなたは国母になって、仲忠のような親王が生まれただろうと言う。これは、彼女が后となり、その子が次に帝になっただろうことを意味している。その場合は、俊蔭―后(仲忠の母)―帝(仲忠)という王権のトライアッドが成立することになる。つまり、尚侍は琴の継承の線に入ってしまったのだが、素質としては、王権の線に入るものをもっていたことが、ここに語られているのである。

音楽と異界

俊蔭が琴を習うに先立ち、そもそも波斯国という、どことも知れぬ国に漂流した事実があり、その後の話の経過を見ても、彼の体験は「異界」の体験というのにふさわしい。そして、そこで習った琴は、いろいろな霊験を生ぜしめている。

三苫浩輔は、前述の「琴の物語——宇津保物語序説」において、『古事記』における大国主命や、神功皇后などの話を用い、琴がわが国において、いかに神聖視されてきたかを詳細に論じている。その上で、彼が「うつほ」を琴板の裏面に音を増幅するために穿(うが)たれている穴、つまり「うつほ」と関連づけているのも非常に興味深い。このことは『宇津保物語』において、琴がどれほど重要な地位を占めるかを示していると思われる。

この世を支える異界は、人間の心を支えるたましいというのとパラレルである。人間が本当に心の安心を得るためには、たましいとつながっていなくてはならない。人間の心では簡単に推し測れないたましいのはたらきを、心に伝えてくるものとして「音」、特に「音楽」は非常に適当なものである。それは、どこから来たのかはっきりわからないときもあるし、境界を超え、あるいは透してやってくる。それはまた、たましいとをつなぐものでもある。

音楽の不思議さが大切な主題となっている物語に『夜の寝覚』(『寝覚物語』)がある。この物語では、楽器は琴ではなく琵琶になっている。物語の女主人公、中の君(寝覚の上)は十三歳のときの八月十五日——やはり八月十五日である——、夢に唐絵の人物のような様子をした人が現われ、琵琶を教えてくれる。この夢のなかの伝授によって中の君は琵琶が格段に上手になるが、十四歳の八月十五日にも、夢のなかに同じ人物が現われて教えてくれる。ただ、そのときに「ひどく物を思い心を乱さねばならぬような宿世がある」と天人に告げられる。

女主人公、中の君は明らかに異界とつながっている人である。このことが、彼女につぎつぎとこの世ならぬ体験を強いることになる。それらについては、また稿を改めて論じることになるが、要するに、彼女の魅力のために帝をはじめ多くの男性が心惹かれるが、天人の予言どおりの宿世に悲しむことになる。これは、この予言によって彼女が悲しい運命をたどるとも言える。しかし、最後に彼女の息子が帝になるので、社会的にいえば、女性として最高の位置につくことになった。このことは、彼女が天人から授かった音楽の筋、つまり、たましいの世界における中心人物でありながら、それではなくて、社会的な王権の方に引き寄せられていったので、悲劇が生じた、という解釈も可能である。実際、『夜の寝覚』では、琵琶の継承のことは、まったく語られない。おそらく『宇津保物語』の時代と違って、この頃は、王権の方にのみ一般の関心が移っていったのかも知れない。

ここで、『宇津保物語』の方に話を戻すことにしよう。ここでは、社会的王権の継承と、音楽の「王権」の継承がパラレルに語られている。この二つのことが語られているので、主題が混乱しているとか、物語に統一性がないという非難をよく受けるのだが、これまでに述べてきたような考えに立つと、けっしてそうではなく、この二つの筋をパラレルに語ることが必要であることがよくわかると思う。

仲忠が琴を娘の犬宮に継承するに当たって、妻の女一の宮に対して、実にはっきりとした態度で臨んでいることについては、前にも論じたとおりである。彼はあまり争いを好まないふうで、特に「国譲」のときは優柔不断ともいうべき態度をとるが、琴のことになると、妻に対しても態度は極めて明快。犬宮には教えるが、女一の宮には教えないこと、それを教える間の一年間は、女一の宮は犬宮に会ってはならないこと、などを彼女の抗議にもかかわらず貫き通す。女一の宮も相当にねばるが、最後には、仲忠は、女一の宮がどうしても犬宮を手離さないのなら、自分は犬宮には何も教えない、とさえ言い切っている。

このような仲忠の強い態度を際立たせる伏線として、「国譲」下の巻で、妻の女一の宮がお産で苦しんでいるとき、いかに彼が彼女を大切にしたかが語られている。仲忠は、女一の宮が死んだら、自分も深い河に身を投げて死ぬ、とまで言っている。そのとき、自分が死んだら犬宮を大事に育ててほしいと、彼の父親、兼雅に頼んでいる。すでに犬宮には琴を継承する力ありと感じていたからであろう。お産が無事に終わって、仲忠が女一の宮の父、朱雀院に挨拶に行ったとき、朱雀院は、こんなに堂々としている人が、妻のお産のとき、どうして泣き惑ったのだろう、といぶかしく思う。仲忠の妻を想う心は相当に深いものだった。この事実をはっきりしておかないと、彼が琴の継承に関して、女一の宮に厳しくものを言うところの意味が浮かびあがってこない。こんな点は、なかなか話の構成がよく考えられていると思う。

さて、琴の継承は俗世界を離れ、静かなところで集中して行うべきだというので、俊蔭の屋敷があった京極に、あらたに楼を建てることになる。場所を京極に選定したことについては、仲忠の母の尚侍も賛成して喜ぶ。これについて、仲忠の父の兼雅はどう思うだろう、という危惧の念を彼が表明すると、「そんなことは気にする必要がない」と、尚侍ははっきりと言う。自分はあの京極の地に住み、父(俊蔭)のために法要を営みたかったのだと彼女は言う。このような会話によって、既に述べた、祖父―母―息子のトライアッドの強さが確認される。尚侍も仲忠も謙虚で、常に他の人に配慮する性格の人として描かれているが、事、この件に関する限り、尚侍の夫、兼雅、仲忠の妻、女一の宮のことはまったく配慮外になってしまう。つまり、二人の通常の意志を超える、高次の意志の貫徹性が強く感じられる。

琴の継承は「楼の上」で行われる。一時は「うつほ」の世界にあった琴が、今は天との結びつきを強調する場へと移される。これは「異界」の特性であり、それは地底的性格と天上的性格が共存しているもので、そのとき、そのときの必然性によって、どちらかが強調されることになる。破壊と建設ということも言えるであろう。琴の演奏によって、多くの人々が爽快になったりもするし、大地が揺れ動き、雷鳴がとどろいたりする。楼上の演奏を聴くために、嵯峨院、朱雀院もお渡りになる。遠く離れた御所にいた帝でさえ、奇跡的にそれを聴くことができた。この演奏がどれほど素晴らしかったかは、本文に譲るとして、ひとつだけ述べておかねばならないことがある。尚侍、仲忠、犬宮が琴を弾き、伝授が行われていたある日、尚侍の夢に俊蔭が現われている。俊蔭は夢のなかで、仲忠の琴が素晴らしかったと言う。つまり、琴の継承が行われたことを、彼は保証したのである。

ところで、この本文の最後は、上達部（かんだちめ）や殿上人たちが、仲忠をほめ讃え、今後も尚侍と犬宮を大切にしていくだろう、と話し合うところで終わっている。これを西洋の昔話によくある「王子と王女は結婚して幸福に暮らしました」という結末と比較すると、この物語の意義がよくわかるであろう。仲忠は幸福な主人公とは簡単には言い難い。仲忠は貴宮と、結局は結ばれなかった。妻の女一の宮は仲忠に対して温かい気持をもつことはできない。人間たちの個人の感情は満たされないが、王権の継承（それらの線に貴宮は入っている）と、琴の継承（仲忠の線）は貫徹されている。つまり、このどちらの線も、人間にとって不可解な、もの（たましい）の顕現なのである。王権はより世俗性の強い形をとり、琴の方はそれを支えるものとして、むしろ、たましいに近い線にある。このようにして、『宇津保物語』という、「もののかたり」が完結される。この物語において、主題は混乱しておらず、あくまで「もの」を主題とし、それが、この世にいかに顕現するかを語っているのだ。

ただ、ここでひとつ気がかりなことがある。それは、文中にときどき、犬宮が次の東宮と結ばれるのではないか、という予測が語られることである。もし、それが実現し、犬宮が后となり、彼女の息子がそのうちに帝となると、どうなるだろうか。そのとき、仲忠を起点と考え、犬宮の息子の帝が琴をも継承するとなると、その人物は世俗的な王権と、たましいの線である琴の筋と、両方の継承者になる。そして、仲忠は、そのどちらの線の上にも立つ絶対的な存在となってしまう。これをどう考えるといいのだろう。仲忠をあくまで『宇津保物語』の主役と考え、彼がそのような絶対的な存在となる予測を読者にもたせつつ、その実現は、また、あらたな物語として語られることを期待して終わりとしたのか。あるいは、それはあまりのことであり、そのような完成の次に必ず訪れる衰退を予想すると、それは、あくまで語るべき物語でないと作者が考えたのか。そのあたりのことはわからない。ともかく、そのような予想や疑問やらを残しつつ、このあたりが物語の一応の収めどころと、作者は考えたのであろう。これは、これで物語の立派な終わりであると思われる。

第五章　継子の幸福

『落窪物語』

先に、「消え去る美」として、結婚をすることなく(あるいは結婚後に)立ち去っていく美女のイメージが、日本の物語において、いかに重要であるかを指摘した(第二章)。その基本形とも言うべきものが『竹取物語』のかぐや姫である。これにまったく対立するような形で、日本の物語のなかに現われてくる「幸福な結婚」を達成する女性の姿がある。その典型例を描いているのが、『落窪物語』(おちくぼ)であると考えられる。この物語の女主人公である落窪の君は、理想的と思われる男性と結婚し、その一族ともども栄えて、文字どおり栄耀栄華をつくす。栄耀栄華と言えば、社会的にはそのような地位にあっても、個人としての恋の想いが遂げられていない女性は王朝文学には多いが、落窪の君の場合は、その点でもまったく幸福なところが特徴である。

王朝文学のみではなく、日本の文学史を見ると、「かぐや姫」と「落窪の君」の両極端の女性像を典型として、いろいろなヴァラエティーをもった女性が存在していることがわかる。どうしても、後者の方が、いわゆる大衆文学に描かれるのが多いのであるが。作家の小島政二郎は、「私に云はせれば、「落窪物語」は大衆小説だと思ふ」(『わが古典鑑賞』筑摩書房、一九六四年)と述べている。と言っても、この作品の価値ということとは別の話である。

『落窪物語』は、作品の成立時期も作者も未詳である。ただ、成立時期に関しては諸説があるとしても、十世紀末の作品と考えるのが一般的なようである。つまり、これは『竹取物語』と『源氏物語』の中間に存在している。この物語は「継子いじめ譚」を独立して扱う現存最古の物語としても特徴づけられている。継子いじめは王朝文学のなかでも重要なモチーフであるが、たとえば、『宇津保物語』に出てくる「忠こそ」の話は、全体のなかのひとつのエピソードであるし、継子いじめを主題とする『住吉物語』は、現存するのは鎌倉時代の改作であるので、前記のようなことが言えるわけである。

ところで、この物語について国文学者の古橋信孝氏と対談したときに、彼が冒頭に「結局、『落窪物語』のモチーフは何かといえば、それは成女戒の物語ではないかと思います」と言ったのが、大変印象的であった(古橋信孝／河合隼雄の対談「落窪物語――女になるための試練」『物語をものがたる』所収)。古橋氏は続けて「この物語を読むこと自体がひとつの成女戒である」とも述べている。私もこの考えに全面的に賛成である。「継子」

として生まれた女性の特異な物語ではなく、女性一般(ひいては人間一般)に通じる重要なことを、この物語は語っていると考える。

『落窪物語』の冒頭は、源忠頼という中納言の長女、次女はすでに婿を迎えて西と東の対屋(たいのや)に住み、三女、四女の裳着(もぎ)の式が近いことが述べられる。この他に、中納言がときどき通っていた皇族の血を引いた女性の生んだ娘が同居していたが、この娘の母親は早く亡くなっていた。中納言の奥方は自分の娘をやたらに甘やかす反面、この継娘をちょうど落窪のように床の低い部屋に住まわせ、何かにつけてきつく当たっていた。母親は召使たちに対して、継娘を「落窪の君」と呼べと言い、誰もがこれに従った。

落窪の君は実際は美しい人だったが、誰もが彼女にかまわず、裁縫が上手だったので、継母の命じるままに異母姉の婿の衣装をつぎつぎと縫い、召使のような生活をしていた。

落窪の君に仕える唯一の女房も、三の君が結婚したので、そちらの召使に配置されるが、何かと落窪の君のことに気を配っていた。彼女は阿漕(あこぎ)と名づけられるが、三の君の婿の蔵人(くろうど)少将の付人の帯刀(たちはき)と結ばれる。帯刀の母親が乳母をしている左近衛少将が落窪の君のところに通うようになり、二人は固く結ばれる。この間、落窪の君は貧しくて衣装も何もなく、みじめな思いをするが、阿漕が叔母のところからいろいろなものを借りてきて、うまく取りつくろう。

この間に落窪の君の継母は、縫物の仕事をつぎつぎと言いつけたり、彼女の持っている貴重な品を取りあげたり、いじめの限りをつくす。彼女の恋人の少将も、それを見て立腹しつつ何もできない。継母は落窪の君に恋人のいることを知り、夫に讒言して彼女を納屋に閉じこめてしまう。このようなとき、常に落窪の君の父親がまったく無力で、継母の言うままに行動するのが特徴的である。

継母は娘を納屋に閉じこめたのみならず、彼女の叔父にあたる典薬助という六十歳を超えた老人に、自分の好きなようにしてもいい、とそそのかす。じいさんは喜んで納屋に侵入しようとするが、阿漕の機転でなかなか戸が開けられない。そのうちに下痢をして失敗してしまう。落窪の君の幽閉を嘆いてばかりいた恋人の少将も、ついに隙を見て彼女を奪取し、二条のあたりの住居に住むことになり、阿漕も帯刀と共に、この新しい若夫婦に仕えることになる。

ここから話は反転し、若い少将はだんだんと位が上がり、権勢並ぶもののない人になっていき、その間にさんざん継母に対して復讐をする。なにしろ彼は復讐心が強く、思慮深くもあったので、つぎつぎ新しい計略を考え出して実行する。彼は権力も財力も持っているので、それによってほしいままに復讐ができる。落窪の君は、継母と言っても自分の母であるし、継母の不幸は自分の実父の不幸にも及ぶので、なんとかして、夫の計略を止めようとするが、夫はどんどん実行していくし、そのときに、阿漕がよく手伝うのが印象的である。

このあたりの復讐劇はなかなかよく考えられており、読者の気持を引きこんでいく力をもっている。詳細は原作を読んでいただきたいが、この時代に、よくこれだけの構想をもった話をつくったものだと感心させられる。

復讐の後は反転して、落窪の君の夫がもっぱら彼女の両親（継母も共に）に孝養をつくす話になる。彼は最初から、このように復讐の後には孝養することに決めていたのだと言うが、孝養の方もなかなか徹底している。長い間、中納言だった父親が一生に一度、大納言になってみたかったというのを聞くと、自分自身の大納言の地位を譲ってでも、その希望をかなえてやるほどである。父親は幸福の絶頂のなかで、落窪夫妻に感謝して死ぬ。

興味深いのは継母の性格描写である。いじめ抜いた継子から親切にされ、感謝しなくてはと思う反面、やっぱり、いまいましいという両価的感情が最後まで消えないところが、実にうまく描かれている。彼女が七十歳にもなった頃、落窪のすすめで尼になる。その後、彼女は「継子とはこんなに有難いものだから、継子を憎んではならぬ」と言いながら、「魚を食べたいのに、この私を尼にしてしまった。腹をいためない子というものは、いじわるなものだ」と言ったりする。

継母の、このような描写は現実感を与えてくれるが、物語の終わりは現実離れがしているほどに、めでたしめでたしの話である。落窪の君の夫は人臣としての最高位の太政大臣になるし、彼らの娘は入内して后の位に昇る。一族すべて出世しない者はない有様である。この継子いじめ譚は、このように、まったく幸福な結末を迎える。ただ、興味深いのは結びの言葉で、「むかしはあこぎ今は内侍(ないし)のすけなるべし。内侍のすけは二百まで生けるとなり」(『落窪物語 堤中納言物語』日本古典文学大系13、岩波書店、一九五七年)となっている。結びのところに阿漕が登場するが、この点については、後に論じるであろう。

継子譚の種々相

『落窪物語』は、継子譚の典型と言っていいほどであるが、このような継子譚は全世界にある、と言ってもいいだろう。私は日本人のことを研究する上で、日本の神話や昔話を、まずその対象にしたが、日本の昔話における継子譚には特別に関心をもった。と言うのは、第二章の「消え去る美」において少し触れたように、日本の昔話には、「うぐいすの里」のように、若い男女が会いながら(時には結婚しながら)、結局は別れていく結末になるのが多いのに対して、継子譚の場合は、幸福な結婚になるのが多いからである。一般的に言って悲劇的結末になるのが多い——特にヨーロッパの昔話と比較するとき——日本の昔話のなかで、これはむしろ例外的にさえ感じられる。しかし、日本の昔話のなかで、継子譚の占める位置は大きい。関敬吾編『日本昔話大成』第五巻(角川書店、一九七八年)には、継子譚として分類された二十の話型が収録されている。このなかのひとつ「米福粟福」の、ごく簡単な要約を次に紹介する。

米福、粟福という二人の姉妹がいた。米福は先妻の子だったので継母は何かといじめようとする。ところが妹の粟福はやさしくて、姉をかばう。あるとき、継母は粟福だけを連れて祭に行き、米福には留守番をさせる。そのときにいろいろ難題を与えるが、旅の和尚とか雀などが助けてくれて解決する。隣の娘が祭に行こうと誘いに来るが、着ていく衣装がない。いつか山姫から貰った宝箱のことを思い出して開けてみると、きれいな着物が入っている。米福はそれを着て祭に行く。粟福は姉さんが来ていると気づくが、あまりにも美しい着物を着ているので継母は米福ではない、と言う。米福は先に帰って汚い着物に着換えて働いているところに、継母と粟福が帰ってくる。そこへ米福を嫁にほしいという人がやってくる。米福は山姫から貰った宝箱から嫁入り衣装を出して、それを身につけ駕籠に乗って嫁に行く。粟福も駕籠に乗って嫁に行きたいと言うが、誰も貰い手がない。母親は粟福を臼に乗せて引っ張って行くが、ごろごろ転がり、二人とも田に落ちてしまった。二人は「うらやましいであ　うらつぶ」と言いながら、そのまま水に沈んで、うらつぶ(宮入貝)になってしまった。

この話も、継母によっていじめられた娘が、最後は幸福な結婚をするという点では、

『落窪物語』と同様である。ただ、継母はこの話では、自らの誤ちによって死んでいくが、『落窪物語』では、意図的な復讐が語られる。昔話の継子譚では、娘の幸福が語られ、継母のことには別に言及がないものも大分ある。復讐の話はほとんどなく、継母は何らかの形で罰せられるという形になる。それにしても、このように継母にいじめられた娘が幸福な結婚をする話が昔話に多いのは注目に値する。

次に、物語の方を見てみよう。『落窪物語』は、「継子いじめ譚」を独立して扱う現存最古の物語である、と述べたが、当時、同じく継子いじめのことを主題として語られていた物語に『住吉物語』がある。ただ、これは鎌倉時代に改作されたもののみが現在に伝わっている。最近、「中世王朝物語全集」のなかの第十一巻として、『雫ににごる 住吉物語』(笠間書院、一九九五年)が出版され、桑原博史の校訂訳により、容易に読むことができるので有難い。『住吉物語』もごく簡単に要約を示す。

中納言に二人の夫人があり、そのうちの一人、先帝の姫宮から生まれた姫が主人公。姫八歳のときに母親が死に、継母のいじめが生じる。少将が姫を慕って文を送るが、継母の策略により、継母の実子、三の君と結婚してしまう。父の中納言は姫を入内させようとしたりするが、継母はそれを妨害し、七十歳の老人によって姫を犯させようとする。ここに老人が登場するのは、『落窪物語』の典薬助を思い出させる。姫はこれを逃れ、故母宮の乳母が住吉で尼になっているのを頼っていく。一方、三の君と結婚した少将は騙されたと知り、姫を恋し、その行方不明を嘆く。

少将は初瀬に籠り、そのときの夢のお告げによって住吉に赴く。姫も少将のことを夢見ており、結局は尼の仲介で二人は再会し結ばれる。二人は京都に帰るが、姫の素性は知られないようにする。二人の間に子どもが生まれ、その子が七歳になった機会に、姫の父親に真実を知らせる。父親は大いに喜ぶと共に、継母の仕打ちを知り、怒って父親は家を出る。その後、継母は誰からも嫌われ、孤独のなかに死ぬ。これに比して、姫の夫は関白にまでなって幸福な生活を送る。なお、この物語の終わりには、長谷観音を讃える言葉があり、これは王朝文学とは異なる趣きを与えている。

これが『住吉物語』である。ここで夢のお告げがあり、長谷観音の霊験が語られるところが、『落窪物語』と大いに異なる点である。中世には『住吉物語』の他に、継子いじめ譚が大分ある。これらすべてについて、市古貞次が比較検討を行なっている（市古貞次『中世小説の研究』東京大学出版会、一九五五年）。これは、すべての物語を通覧して表に示してあり、大変便利なものである。

この中世の継子いじめ譚の特徴を、市古は次のようにまとめている。
(1)　極めて筋本位である。個々の人物の描写、感情の表現も類型的。
(2)　筋の変化を求め、題材・趣向の新奇を考える。そのために話の舞台が変化する。どの作品でも主人公は必ず遍歴する。

(3) 主人公の遍歴の結果、姫君が辺鄙なところに出ていくので、公家の枠を脱した一種の庶民性が感じられる。
(4) 中世は仏教の滲透した時代である。従って、神仏の加護が強調される。夢や夢想によるお告げが重要な役割をもつ。
(5) 仏教説話や唱導(しょうどう)文芸に見られる本地物の流入、混淆が行われたであろう。
(6) 勧善懲悪の強化が認められる。その結果、継母に対する作者の憎悪が強くなり、それは極端な終末(たとえば、継母の狂死など)によって示される。

これによって、中世の継子いじめ譚の特徴がよく捉えられている。これらの話と『落窪物語』とを含めて考えると、ほとんどの話において継子が幸福になっている点が共通である。中世の話には、やや例外があるが、その幸福な結末は、継子である娘が素晴らしい夫と結婚し、幸福な生活を送る形になるのが多い。また「月日の御本地」を除いては、すべて継子は娘であり、継母と娘との間の葛藤の物語である。

中世の物語のなかで、「花世の姫」、「鉢かづき」、「うばかは」の三篇も他と少し異なり、公家の物語よりも民間説話から生まれたと考えられることを、市古は指摘している。そして、「興味の中心は継子いゝゝめにはなくて、継母をもち生母を慕ふ美しい姫が、一旦いやしい婢女に身を落して、最後に貴公子に見出だされるといふ明るい面にある」と述べている。このなかの「鉢かづき」、「うばかは」は、「鉢かつぎ」、「姥皮」として

『日本昔話大成』（前掲書）のなかに収録されており、おそらく昔話の方が起源になっているのであろう。

これらの話全体を通してみると、少しの例外を除いて、継母と娘の物語であり、娘が後に幸福になることを共通にしている、と言うことができる。本論の標題も「継子いじめ」とするよりは、「継子の幸福」とする方が適当と考えたのも、そのためである。

母と娘

継母にいじめられながらも、後に幸福になっていく娘の話としては、誰しも「シンデレラ」を想起するのではなかろうか。シンデレラの類話は世界中に分布しているとも言われる。先に紹介した「米福粟福」などもヨーロッパから伝播してきたのではないか、と言う人があるくらいである。もし、それほどに昔話が伝播するのだったら、ヨーロッパの他の多くの話のように、結婚によるハッピーエンドになる話が日本にあってもよさそうに思うが、そうではなくて、継母と娘の物語のみが日本にあるのは、やはり、独立に存在していたとみる方が妥当であろう。それでは、どうしてそのような物語が日本に昔からあるのだろうか。

継母と娘という問題は、母系社会では起こりようがない。娘は実母のところに必ずいるわけだし、実母が死んだとしても、そこに「継母」が入りこんでくることはあり得ない。これは、完全に招婿婚の制度が守られているときも同様であろう。一夫多妻であって、妻が夫と同居しなかったら継母の問題は起こらない。一夫一妻になると、この問題が生じるのは明白である。一夫多妻でも『落窪物語』の例のように、妻たちが夫と同居するときにのみ、この問題が生じてくる。

『風土記』は、八世紀に天皇の命によって各地方に書かせたもので、現在、その一部分のみが残っている。そのなかには伝説が相当に記録されているが、はっきりとした「継子」の話はひとつもない。おそらく当時は、継子の問題がなかったのだろう。『落窪物語』の書かれた頃に、それが生まれてきたと思われるが、それにしても、どうして娘の話が多いのだろうか。継子譚と言っても、男子の場合はほとんどないのである。

人間以外の動物には「父」という存在が意識されない。猿を見ていても、母子の関係は密接で、子猿は誰が自分の母親かをよく認識している。しかし、誰が自分の父親かなどという意識は皆無であろう、誰がボスであるかは知っているのだが。人類にとっても、歴史のはじまりでは、母の認識のみがあったのだろう。なんと言っても子孫を生み出す母の偉大さは、誰にでもわかることだ。そんな点から考えても、母系というのは自然なことと思われる。母の跡を娘が継ぐなどという意識ではなく、あるのは「偉大なる母」であり、その母につぎつぎと世代の変わるごとに異なる女性が同一化する。つまり、人は変わるけれど、母なるものは不変だったのではなかろうか。

　そのうちに人間に「個」の意識が目覚めてくると、個人としての母と娘の分離という課題が生じてくる。娘が母から分離しようとすると、それまでは好ましく思われていた母親の養育の態度が、自分を取りこみ、自由を許さぬための方策のように感じられてきて、一挙に否定的に感じられるときがある。それまでは「やさしい」と思っていたことも、自分を手なずけるためではないか、と感じられるし、大人になるための「しつけ」と思っていたことも、自分の自由を束縛するものと感じられる。というわけで、どんなに素晴らしい母親をもっても、娘は自立しようとするとき、母親のすることすべてに拒否感を感じたりする。また、実際に、母性というものが、このような二面性をもっている。

　このように考えてくると、物語のなかの「継母」というのは、そのまま実際の継母のことについて語っているのではなく、母性の否定的側面――あるいは、自立を意識しはじめた娘から見た母親像――を、わかりやすく示すための方策であると気づくのである。実際、継母物語としての「白雪姫」にしても、最初は実母の話だったのを、グリム兄弟が一八四〇年の決定版のときに、「継母」と書き換えたものである。わざわざそんなことをしなくとも、少し深く考えるなら、母性というものは、そういう面をもつことがわかるであろう。人間が古くからもっている知恵は、そのあたりのことを知っていたと思われる。だからこそ、継子いじめの話が、これほど世界的に存在し、多くの人に読まれるわけである。

『落窪物語』を読むと、継母の姿が実に生き生きと描かれている。物語のなかでは人物像が類型化しやすいのに、彼女の姿が人間的で実感を伴っているのが印象的である。物語の終わりに、すべてが、めでたしめでたしとなっていくなかで、彼女のみ、類型的な「よい」人にならないところが興味深い。この物語の作者は男女いずれともわからないが、もし女性とすると、このような作品を生み出すほどの自立性をもっている人だけに、母性の否定的側面を痛感させられたのではなかろうか。

主人公が「落窪の間」にいるのは象徴的である。それに、後では納屋に閉じこめられるところもある。女性が成人する前に、このような内閉的空間にいることは、現在においても必要と言っていいだろう。子どもが大人になることは大変なことであり、短期間の間に心身共に大変革を遂げるので、その間は何らかの強い守りを必要とする。さなぎが固い殻に守られているのと同様である。この際、主人公に対する「落窪」にしろ「納屋」にしろ、悪意によって与えられたものであるが、成長に必要だったものである。あるいは、成長に必要なものとして他から与えられたものも、本人の自立心の強いときは、極めて否定的に受けとめられると言っていいかも知れない。

このような「内閉」の様相は、中世の物語の「鉢かづき」の鉢、「うばかは」の皮、などによって示されている。あるいはヨーロッパの昔話であれば、「白雪姫」のガラスの棺、「ラプンツェル」の閉じこめられた塔などによって示されている。極めつきはペロー童話にある「百年の眠り」を体験した「眠りの森の美女」であろう。

少女の内閉を破り幸福に導く者として、「立派な男性」が出現するのは、洋の東西を問わず、同様である。しかし、乙女が大人になるということは奇跡とも言うべきほどの大事件であり、それを実感させるために、西洋の物語には、しばしば「魔法」が登場し、日本の中世物語では「神仏の加護」について語られる。それは自然のことでありながら、「超自然」という実感を伴う事柄である。

これに対して『落窪物語』においては、何ら超自然的なことが語られないのは、注目に値する。もちろん、近代の映画や小説にも超自然的なことは語られない。しかし、乙女を救う男性のヒーローは、超自然的と言いたいほどの属性を与えられていることが多い。かつての西部劇のヒーローなどを想起するとよい。これに対して、落窪の君の相手の少将は、どう見ても超自然的ではない。少将は、恋人を納屋に閉じこめた継母の仕打ちを聞くと、かっとなって打ち殺したいとまで思うのだが、実際は、すぐに乗り込むこともできず泣いてばかりいる。継母たちが外出していったその留守のときに、やっとのことで救出するのだ。正面からの対決はない。それと、このことは先に論じた(第三章)が、典薬助が納屋に侵入しようとするとき、彼の「下痢」ということによって、それが妨害されるのが、実に特徴的である。「自然現象」が事態の解決に役立つのだ。

おそらくこの頃は、すべての自然現象が、今日のわれわれの言う「超自然的」な意味合いをこめて受けとめられていたのであろう。そこに、敢えて魔法や神仏をもちこむ必要がなかったのだ。自然な母娘一体の世界から、娘の意識が一歩踏み出そうとする過程が、まだ自然に対する畏敬の念の満ちている世界のなかで、この物語のなかに描かれていると思われる。

復讐のかたち

『落窪物語』は四巻の構成である。落窪の君が救出されるのは二巻の冒頭であるから、この物語が、「継子いじめ」にのみ主眼を置いていないことは明らかである。つまり、そこから話がはじまって、その後は、継母への復讐と、落窪の君夫妻の栄達の話がながと展開される。それに、一定の復讐を終えてからは、落窪の君の両親に対して、いかに孝養をつくすかが丹念に語られる。つまり、これらすべてのことを全体として『落窪物語』が構成されているのであって、これを「継子いじめ譚」とのみ考えるのは一面的である。

古橋信孝氏が、これを「成女戒」の物語と言ったことはすでに紹介したが、まさにそのとおり、女性の成長に必要な過程を描いているとみる方が妥当である。継母ではなく実母であっても、母―娘の葛藤に耐えねばならぬときが誰にもあり、それに耐えた者が幸福になるのだ、とこの物語は言っている。もっとも、そうとばかり言えないのは、継母に対する復讐の話が相当に詳しく、面白く書かれていることである。

昔話の継子いじめ譚には、継母に対する復讐がまったく語られなかったり、あるいは、継母が不幸になるにしても、神仏の罰のような形で語られることが多い。主人公の意図によってすべての事が進んでいく、というのは昔話とか、王朝の物語において本流ではないのだ。

この復讐譚の面白さが「大衆小説」と言いたくなるところであるが、考えてみると、十世紀の年代に「大衆小説」があったというのは、実に驚きではなかろうか。これまでも述べてきたし、今後も、そのことは何度も繰り返し述べることと思うが、王朝物語の主眼は、「ものの流れ」とも言うべきことで、今日的に言えば、物とも心とも分類できぬ「もの」としか呼びようのない存在の流れが、人間の意志におかまいなくすべてを進めていく、このような認識が物語づくりの根本にある。キリスト教文化圏にあっては、すべてが神の意志によって動くと考えたので、人間が神に対してある程度力をもつまでは、「物語」あるいは「小説」ができなかったのではないか、と私は考えている。したがって、「大衆小説」が生まれるのは、西洋では近代になってからだ。

大衆小説といい、復讐の物語というと、アレキサンドル・デュマの『モンテクリスト伯』を思い出す。私は子どもの頃、この話が大好きであった。なにしろ面白くてたまらないのだ。主人公のモンテクリスト伯は無尽蔵ともいえる財産を持ち、それ故に貴族の地位も手に入れているのだが、それによって自分の思うままに復讐を遂げていく。その話の構成が実によくできていて、読者の気持をぐいぐいと引きこんでいく。なにしろ主人公は全智全能に近い上に、「悪に対する懲罰」という正義の御旗を持っているので、何でもこいである。

『モンテクリスト伯』は、十九世紀のフランスに生まれたが、十世紀の日本に生まれた『落窪物語』もなかなかのものである。復讐を行う主体である落窪の君が女性で、彼女の意志ではなく、それを代行するように男君が実行するところは異なるが、彼が財力も権勢も法外に持っていて、思いのままに計略が実行可能なところは、そっくりである。そして、復讐を受ける側が、なぜ、そのような不幸が続くのかわからずに、身の不運を嘆いたりするところも同様である。最後のところになって「わかったか！」という具合になる。

復讐には冷徹さがないといけない。その冷徹な主人公もたじろぐときがある。モンテクリスト伯が自分を裏切ったモルセール伯を苦しませるために、モルセールの息子と決闘して殺そうとする。これを知ったモルセールの妻が命乞いに来るが、彼女はかつてのモンテクリストの恋人であった。モンテクリストは彼女の願いにもかかわらず、復讐をやり遂げなくては、と言うが、彼女はそれによって「あなたは昔の恋人を苦しませるのか」と言われ、はっとして決意を変えるところがある。人間関係はなかなか複雑にから み合っている。

『落窪物語』では、継母を苦しめようとする計画はすべて、落窪の君の父親を苦しませることになるのだから、実に大変である。したがって、落窪の君は夫に対して復讐をやめてくれるように何度も頼む。そもそも落窪の君は理想の女性像として描かれているので、継母にどれほど苦しめられようが、孝養をつくすことは考えても、復讐など考えもつかない、という描き方になっている。にもかかわらず、夫君の方はどんどん復讐を進めていくが、それもある程度までやった後では、孝養をすることにしようと決めているからである、とも言える。

ここで重要になってくるのは阿漕の役割である。彼女は継母が復讐されるのは、いい気味だと思っている。口では同情的に言うときも、腹のなかでは喜んでいる。巻二の終わりで、阿漕と落窪の君との間に、なかなか味のある会話が交わされる。落窪の夫(当時は衛門督(えもんのかみ))が、継母とその部下たちを情容赦なく懲らしめ、特に例の典薬助に対しては、さんざん痛めつけたのを知って、落窪の君は気の毒がって嘆くのを見て、阿漕はあまり嘆かないようにと言い、典薬助がやられるのは、あのとき(納屋への侵入未遂事件)

の罰だと言う。これに対して女君は、そんなことを言うのなら、自分の女房ではなく衛門督付きの女房になれと言う。阿漕はしゃあしゃあと、「それならそうしましょう。衛門督様は自分の思っているとおりのことをみなやってくれるので、女君よりは大切な御主人と思っています」と言ってのける。

このあたりは、さすがに阿漕で、落窪の君も内心のどこかでは復讐したい気持のあるのを見透かしての発言である。このようなやりとりで女君が怒り出すわけでもないし、阿漕が実際に衛門督の女房になるわけでもない。

復讐しながらも、どこかに余裕を感じさせるやりとりで、彼らはなかなかユーモアがあるな、と感じられる。もっと後になって、落窪の君の父が死亡し、四十九日の法要などが終わったときに、夫君は彼女に対して、「もう家に帰ろう、さもないとまた納屋に閉じこめられるよ」と冗談を言っている。彼女は「とんでもない」と真面目に答えているが、腹のなかでは笑っていたことだろう。

最後に、復讐の在り方について一言。三谷邦明氏による「解説」(『落窪物語　堤中納言物語』日本古典文学全集10、小学館、一九七二年)には、「古来からこの物語は残虐で、特に巻二の典薬助に復讐の鉄拳を下す場面は、残忍で酷(ひど)すぎると、多数の人々から非難されている」と書かれている。「残忍」の程度の判断には個人差や時代差がある。確かに、これは「平安時代」を規準とすれば、そうかもしれないが、今日的に言えば、むしろ典薬助に対するものとしては軽いぐらいではなかろうか。三谷の言う「多数の人々」はいつの時代の人か知らないが、ともかく、これを見ると、平安時代はまさに「平安」だったと思わされる。字はよく似ているが「平成」だと、こんなことですまされなかったのではなかろうか。

阿漕の視座

復讐が終わってからは、すべてがめでたい話になる。なにしろ落窪の君の夫が太政大臣にまでなるのだから、言うことはない。それに彼ら夫妻の娘は后になる。その間に、彼らはその財力と権力の助けによって、落窪の君の両親のために、これまでの復讐の埋め合せを十分以上にやってのける。

このように、すべてめでたくなる前に、ひとつの重要なエピソードが巻二に語られているのを取りあげたい。

落窪の君の夫が三位中将のとき、右大臣がその一人娘を嫁入りさせたいと思い、中将の乳母を通じて申し入れてきた。中将は落窪の君のことを考え断ったが、乳母はよい縁談と思い、自分の一存で承諾の返事を送った。そこで先方では結婚の用意をはじめ、中将は何も知らないうちに、そのことが落窪の君の耳に入った。この間に、二人の間には気まずい空気が漂う。そのうちに中将は乳母が勝手なことをしたのを知り、そんな馬鹿なことはやめろ、と言う。これに対して乳母は、男というものは奥方の里から世話を受けて華やかに暮らすのが当世風である、好きな人があっても、それはそれで、右大臣の娘の方の話も進めては、と言う。これに対して中将は、自分は時代遅れで結構、見棄てないと決心したことは貫くのだと言い切る。これを聞いていた阿漕の夫、帯刀は乳母(彼の母親)に対して、中将の人格がどれほど立派であるか、それを知らずによけいなことを言うな、もしそれを決行するなら自分は出家する、と言って諫める。これによって事なきを得る。

ここに強烈な一夫一妻の主張がある。これは平安時代には、特に貴族社会においては珍しいのではなかろうか。乳母の「当世風」はともかく、ほとんどの貴族は一夫多妻であった。どうしてこのような主張が出てきたのか。その鍵は阿漕ではなかろうか。貴族社会はともかく、阿漕の属する階級では、経済的な事情などもあり、一夫一妻がはじまりかかっていたのではなかろうか。そして、一夫一妻をはじめてみると、女性としてはそちらの方がはるかによいことがわかってきたのではなかろうか。ここに女性の目がある。

この物語で重要なのは、もちろん落窪の君夫妻のカップルである。しかし、忘れてならないのは、その蔭に存在する帯刀と阿漕のカップルである。この二組のカップルは、実に微妙で適切な対応と協力関係によって成り立っている。そもそも主人公夫妻のカップル成立をアレンジしたのは阿漕夫妻である。主人公夫妻が社会的に地位が上昇していくにつれて、その助けで帯刀も阿漕も出世し財力もついていく。帯刀は三河守になり左少弁となったし、阿漕は最後に述べられているように典侍になった。彼らとしては最高の身分となったと言わねばならない。それに落窪の君が理想的な女性として、常に優しく誰に対しても親切に考えるときに、阿漕は復讐に専念している。これは落窪の君の影の欲求を満たすためにはたらいている、と言えないだろうか。帯刀と阿漕は、美しい夫妻の影の部分を上手に分担しているのである。

このような二組のカップルの共存関係は、洋の東西を問わず「物語」にはつきものである。お話的要素の強い西洋のオペラによく現われる現象である。一例のみをあげるなら、モーツァルトの歌劇「魔笛」の主人公、タミーノとパミーナのカップルを支える、パパゲーノとパパゲーナのカップルなどは、その典型である。『落窪物語』の二組のカップルといろいろな点で類似性が高いことに気づくであろう。よけいなことながら、これは「物語」の世界であり、現実に生きるカップルとしては、この二組を一組にして生きることが必要と思われる。

復讐について。復讐などしなくても、自然や神仏にまかせておけば、というのは貴族の考えではなかっただろうか。武士階級が台頭してくるにつれて、仇討ちという個人の意志による行為が称揚されるようになり、後世には多くの「仇討ち物語」が生まれてくる。しかし、これらは武士の道徳観を反映し、仇の方が強いのに対して、仇を討つ方が艱難(かんなん)辛苦して目的を達する話となる。「忠臣蔵」は、その典型と言っていいだろう。

　このような武士の仇討ちと、『落窪物語』の復讐はまったく味が異なる。後者の方が明るくて面白い。そこには強い「個人」に対する信頼があり、運命や神仏などの介入を許さない。おそらくこれは、貴族社会——特にその上層——にはなかった人生観であり、阿漕のクラス、これを庶民とは言い難いが、家柄や身分よりも個々人の能力によって相当に頑張ることのできた層の人たちの考えだったのではなかろうか。

　このように考えてくると、最後に阿漕のことに触れて、この物語が終わるのは意義深く感じられる。ただ、岩波「日本古典文学大系」には「内侍のすけは二百まで生けるとなり」とあり、小学館「日本古典文学全集」では、「「典侍(すけ)は二百まで生ける」とかや」となっていて、前者の「補注」によると、この文には諸本によって差があり、後世の加筆かもしれぬ、とのこと。現在の『落窪物語』はひょっとして、鎌倉時代の改作本なのか、などという疑問も湧いてくるが、これは筆者の力の及ばぬところで言及は避けるとして、ともかく、現存するこの物語における阿漕の重要性は明確である。

　以上に述べてきたことから考えて、『落窪物語』というのが阿漕の視座から書かれていると考えると、その性格が非常によくわかる。これについては、前に紹介した三谷邦明が「解説」(前掲書)のなかで、非常に興味深いことを述べている。この物語を英訳したWilfrid WhitehouseとEizo Yanagisawaが、「あたかも作者が阿漕であるかのように指摘している」とのこと。これを三谷は「作者が源順であるとか、男子であるとかいう問題に目をそらされていた日本人の物語研究の虚を突くもの」と評価している。そして「この物語の表現、主題、描写などから、作者は男子であり、それもあまり身分の高くない者であることは確実である。そうだとしたならば、阿漕に、W. Whitehouse等がいうように、作者の自画像が託されているとはいえない。とするならば、阿漕が作者ではなく、この物語の享受者・読者が阿漕のような侍女だったことを意味するのではないだろうか」と結論している。

私としては、文章表現のことについて論じる資格がないので、あまり確実なことは言えないが、従来から、「主題・描写」が男性のものと言われている意見には、簡単に承服し難い。たとえば、復讐場面などは女性が描けるはずはない、と言うのは、あまりにも一方的な断定である。阿漕のクラスの女性なら、それは可能だったのではなかろうか。以上に述べてきたように、阿漕の視座から見た物語という点が、相当に際立っているので、作者は女性かも、という考えで専門家が再検討してくださると有難いと思っている。

いろいろと勝手なことを述べてきたが、最後に、私との対談の際に、古橋信孝氏の言った言葉を引用しておきたい。「こんなにおもしろい物語は、日本文学史上でもあまりないと思いますね」(前掲書)。この物語が多くの人に読まれることを願っている。

第六章　冗句・定句・畳句——『平中物語』の歌

歌物語

『平中物語』は、いわゆる歌物語である。ここで、それを取りあげることにしたが、歌物語を扱うのなら、まず『伊勢物語』ではないか、と言う人が多いのではなかろうか。確かにそうであろう。格が違うなどと言われそうである。しかし、敢えて『平中』にしたのには、次のようなわけがある。

和歌というのは私は苦手である。俳句もそうだが、後者の方がまだましである。子どもの頃から、自分には縁のない世界と思っていた。芸術一般について才能のないことはよく知っていたが、和歌となると無関心に近いほどであった。したがって、日本の物語に関心をもち、つぎつぎと読んでいくなかで、歌物語は敬遠しがちであり、正面から論じることはないと思っていたが、「日本の物語」の対談において、国文学者の古橋信孝さんより『平中物語』を取りあげないか、と提案を受けた(「平中物語——当世サラリーマンの処世訓」『続・物語をものがたる』所収)。

ともかく一度読んでから、ということで読みはじめると、実に面白い。これは私の性格を見抜いて「『平中』なら、わかるはずだ」と古橋さんが提案されたのだと思うが、そのとおり、私は平中の世界に引きこまれた。もっとも、私が面白がっているのは、和歌の「鑑賞」などという点からいうと、邪道になるのだろうが、日本の昔の和歌には、これから私の述べるような側面があり、それは、けっして見落としてはならないことだろうと思う。

『平中物語』を読みながら、心に浮かんできたことは、「ジョークの応酬」という言葉である。主として男と女との間であるが、二人の間に見事なジョーク合戦があり、言い負かしたり、負かされたり、それによって口惜しく感じたりもしながら、楽しんでいる。先に第三章で「殺人なき争い」ということを述べたが、それを支えているのがジョーク合戦であり、これは「雅(みやび)な戦い」とでもいうべきであろうか。私自身はジョークが好きというより、駄洒落を連発して喜んでいるので、以上のような観点から『平中物語』を読むと、実に面白かったのである。そんなわけで歌物語として、これを取りあげることにした。

ジョークにつぐジョークというので、本論の標題もジョーク仕立てにしたが、これについて少し説明しておきたい。もっとも、ジョークの説明は野暮なことであるが。和歌は当然のことだが、ジョークの応酬ばかりしているわけではない。そのなかには、わりに定りきった表現や形が認められる。

たとえば、〔二十一段〕の歌を見てみよう（以下は『平中物語他』日本古典文学全集8、小学館、一九七二年、による）。大納言の国経から用事を言いつかり、その返事を出すときに美しい菊を添えた。平中は立派な菊をつくるので有名だったらしい。これに対して、国経からおくられてきた歌。

　御代を経て古りたる翁杖つきて花のありかを見るよしもがな

何代も帝に仕えてきた翁である大納言が、杖をついてでも、こんな見事な花の咲いているところに行ってみたいと言う。ここで、菊が不老長寿の薬で仙境に咲くという、当時の常識が織り込まれ、このようにして平中の家のことを讃えている。平中は大いに恐縮し、歌を返す。

　たまぼこに君し来寄らば浅茅生にまじれる菊の香はまさりなむ

あなたが来られたなら、我家の菊の香もいっそう匂うでしょう、と相手を持ちあげている。言うなれば、常套句の応酬であり、ここには、ジョークはまったく顔を出さない。これは日常的な「あいさつ」と考えるとよくわかる。そのような「あいさつ」としての和歌も、当時はたくさんあっただろうと思う。そんな意味で、「常句」という文字も考えたのだが、連歌の世界などで、定り文句型の表現に対して「定句」ということを知ったので、こちらの文字をタイトルに用いることにした。

この定句的作品も、平中と大納言国経夫人とが恋愛関係にあり、そのことは一般に流布されていたらしいことを考えると、平中が真面目くさって、目上の人に対して「あいさつ」の常套句を奉っているところに、隠されたジョークがある、という見方もできる。国経は夫人と平中との関係を知っていたのだろうか。

ところで、「畳句」であるが、同一の句を重ねて用いる意味だそうである。中国の詩では「対句」が大切で、一句があると、それと対（つい）となるような句が次に続くという構造を取るが、日本の連歌などでは、「対句」という形を取るよりも、重なるようで重ならないような句をつくることが多い。歌やそれに対する返歌などをつくるとき、構造としてはわかりやすい対照性を取らず、重ね合せていくところが、日本的構造を表わしているようにも思う。返歌を見ると、はじめの歌と対峙するよりは、それに寄り添う形を取りながら、やり返すようなところがある。たとえば、男が女におくった歌(八段)。

咲きて散る花と知れるを見る時は心のなほもあらずもあるかな

に対して、

年ごとの花にわが身をなしてしが君が心やしばしとまると

と女が返している。

男は桜の花を添えて歌をおくり、桜は花盛りは見事だが、すぐに散ってしまう、というイメージによって歌をつくっている。女性はそのイメージをそのまま受けながら、男の心はどうなのだ、と逆襲している。この二人の間はそれほどの濃い関係ではないようであるが、このように歌を取り交わすことで、大いに楽しんでいたのではなかろうか。すぐに「切った張った」の関係になるのではない恋心を、うまく楽しむ才能をもち、それをジョークの応酬としての和歌の交換によって、上手に生きていたのであろう。

雅な戦い

既に例にあげた歌のように、歌によって男性と女性が斬り結んでいるような感じがするが、このような「戦い」は血を流さないことが特徴的である。実に鋭い斬り込みをしていても、ジョークや美的感覚に包まれて、それはうまく柔らかくされている。

二段に語られる男女の歌の交換は、まさに「歌合戦」である。男が恋文をおくっても返事を貰えない。男はついに、恋文を見たのなら、返事は貰えなくとも、せめて「見つ」(見た)とだけでも言ってくれ、と書きおくる。これに対して「見つ」とだけ書いてくるのだから、女も大したものだ。ところが、男はこんなことではくじけない。

夏の日に燃ゆるわが身のわびしさにみつにひとりの音(ね)をのみぞなく

と歌を書きおくる。歌の意味だけ見ると簡単なことだが、「夏の日」の「日」に「火」を掛け、「ひとり」に「火取り」を掛け、「燃ゆるわが身」の姿を強く訴える。「みつ」は「水」に掛かり、その後に「なく」とあって、涙を流している姿を浮かびあがらせる。よくこれほど掛詞(かけことば)や縁語を散りばめることができるものだと感心してしまう。女の方も、ここまでなってくると見棄てておけぬと思ったのだろう、返歌をおくってくる。

いたづらにたまる涙の水しあらばこれして消(け)てと見すべきものを

わけもなく流す涙が溜まるのなら、それで燃える思いを消せ、というのだから、なんとも厳しい返事である。こちらは「みつ」「水」の連想を用いて答えている。男はこんなことではひるまず、まだ「火」の連想を通じて戦いを挑む。

なげきをぞこりわびぬべきあふごなきわがかたききて持ちしわぶれば

「なげき」はもちろん「嘆き」であるが、「投木」(薪)であり、最初の歌の「火」とつながっている。「こり」は、嘆きのため息が凝るのと、「樵り」というので、薪を切り出すのに掛けている。まさにこりに凝っているとでもいうべきか。

このような歌合戦を続けながら、結局は、この男と女は結ばれることはないのだが、このようなやりとりは結構、面白かったに違いない。ここは歌になっているが、フランスの宮廷で、男と女が適当にエロスをこめて、互いに冗談まじりの会話を楽しんだのと、ほとんど同じと言っていいし、現代もそれは続いていると言っていいだろう。それを、歌のやりとりで行なっているところが雅なのである。歌をおくるときは、花に添えるわけであるし、紙の質、文字の筆跡や配列すべてが関係してくるのだから、相当なエスプリや配慮を必要としたことであろう。そんな点で、これらの歌物語は、歌合戦に明け暮れる当時の男女にとって、一種の教科書的な役割も果たしていたことであろう。

次のような場合は、どうであろう。十七段の物語では、男が相手の女のところに行ってみると、他の男——それも僧である——がいた話が詳しく語られる。男が深い仲になってから、差し支えができて女のもとへ通うことができなかったので、不憫なことをしたと思い、三、四日して月の美しい夜に訪ねていく。ところがなんと、すすきの茂っているところに坊さんを隠しており、そちらの方に女から何か言伝をおくり、一方では、男に早く部屋に入るように、と言う。男は供の者に「捕(とら)へさせやせまし」とさえ思う。前から通っていたのか、あるいは、自分が来ない少しの間に通い出したのか、などと男は考える。ともかく、恋の鞘(さや)当てで、血の雨でも降りそうなところだが、男は結局、一首の歌を残して去る。

穂(ほ)にでても風にさはぐか花薄(はなすすき)いづれのかたになびきはてむと

まさに「すすきのひと突き」である。ぐさりと相手を刺すのに、刀ではなく、坊さんの隠れていた、すすきの茂みを譬喩にして歌を詠んでいる。このような「ひと突き」によって、男の気も晴れるのだろうが、このときに身体的な戦いが避けられるところが特徴的である。なお、この歌では、坊さんの隠れていたすすきの茂みを譬喩に用いて、歌を詠んではいるが、掛詞や縁語などは一切ない。とっさのことで、そこまで趣向を凝らす暇がなかったのか。あるいは、ストレートに言いたいことを相手にぶっつけたかったのだろうか。

三十四段では、男は通っている女に、他にも通う男のあることを知るが、その男性は位が非常に高く、自分が出入りを許されている家の当主なので手も足も出ない。恨みごとを言うくらいなのだが、それを歌に詠む。この男は、歌のなかで「逢坂(あふさか)」を詠みこむ癖があったので、女は男に「逢坂」という仇名をつけていた。そのことを思って詠んだ。

逢坂とわがたのみくる関(せき)の名を人守(も)る山といまはかふるか

これに対して女の返歌、

逢坂は関といふことにたかければ君守(も)る山と人をいさめよ

この歌は、男の仇名「逢坂」を用いている。逢坂の関は「逢う」という言葉と関連するので、歌に実に多く詠みこまれた地名であろう。関、守る、守山、と連想をはたらかせているが、守山も地名である。このようにして縁語や譬喩を使って歌を詠んでいるが、これを俗な言葉に変えてみると、「二人だけで逢う、逢うと言いながら、他の男を入れこみやがって」「そんなこと言うのなら、他人が入りこめないような関係になったらどう?」という具合になるのだろう。こうなると結末は腕力沙汰になるかも知れないが、歌でやっている限り、そうならないのだから大したものである。

この二人のやりとりは後も続いて興味深いが、省略しておこう。こんなのを見ていると、女性の方も対等に男に逆ねじを喰わせたりしているのがよくわかるが、これも和歌を通してのやりとりだからだろう。

なお、余談だが、ここには仇名の「逢坂」が歌に詠みこまれている。掛詞をつくり出していくときに、相手の名前を使うと、いろいろできたろうと思うが、私の知っている限り、それはない。おそらく、当時は「名前」というものを非常に大切にしたのであろう。うっかり呼ぶこともできなかったのではなかろうか。ここでも、仇名だからこそ、歌に入れこめたのだろうと思う。

イメージ喚起力

和歌によって、いろいろなイメージが喚起されることも、その特徴のひとつと言っていいだろう。二十九段の歌に次のようなのがある。

東屋（あづまや）の織（お）る倭文機（しづはた）の筬（をさ）をあらみ間遠（まどほ）にあふぞわびしかりける

これなど意味だけでいえば、逢うのが間遠になってわびしい、ということだが、それを言うための上の句が巧みに感じられる。間遠さを機を織るときの粗さの譬喩を用いて表現しているのだが、そもそも機を織るのは運命の女神の仕事で、これによって、いろいろな運命が織り出されるという考えが背後にある。逢うのが間遠になるという事実の背景に、運命の女神のイメージが浮かんでくる。横糸を密にするか粗にするか、女神の筬の手さばきによって変わってくる。

ところが、なんのことはない、女には他の男がいることがわかる。それを「どうも親が聞きつけてやかましく言うので」などと言いわけをするので、男は再度歌をおくる。

心もて君が織るてふ倭文機（しづはた）のあふ間遠（まとほ）きをたれにわぶるぞ

機を織る女性のイメージは続いている。しかし、今度は「あなたの心ゆえに、機の織りが間遠になっている」と、はっきりと女性の意志によって事が生じていることを指摘している。誰のせいなのか、運命なのか、あいまいに表現していたのに、それでは辛抱できなくなったのだろう。それでもやっぱり、機を織る女性のイメージを継続させることで、あまりにも直接的なもの言いを避けている。

十八段では、いくら手紙を出しても返事がこない相手に、次のような歌をおくる。

はき捨つる庭の屑とやつもるらむ見る人もなきわが言の葉は

「言の葉」という表現から、葉の縁語としての「庭の屑」、「はき捨つ」などの言葉が引き出されてくる。この歌は別に何ということもないが、返事がないので出した、次の歌が印象的である。

秋風のうち吹き返す葛の葉のうらみてもなほうらめしきかな

あまりの返事のなさに、恨み心を直接に訴えるのだが、ここで「葛」をもち出してくるところが心憎い。もちろん、これは「屑」から導き出されたのだが、葛の葉というのは裏と表とまったく色が違い、風が吹いて葉が裏返ると、あれっと感じたりする。屑から葛を連想し、その葉裏の返しのイメージを「うらめし」に結びつける。「うらみてもなほうらめしきかな」にそのイメージはぴったりである。手紙を出してもなかなか返事が来ない、恨めしく思うなかで、このようなイメージ遊びをしているのだから、大したものである。

イメージの世界は、直接的に言語化しにくいことを、イメージによって訴える力をもっているし、感情がそれに伴ってはたらくことが特徴的である。したがって、うまく言語化し難い心の状況をイメージに訴えるのは、実に効果的である。

ついでのことながら、この恋は仲立ちをした人間も心もとないし、相手の姫は字は下手で歌も詠めなかったらしい。そして、「のちに聞きければ、いたつきもなく、人の家刀自にぞなりにける」ということで終わりとなる。「家刀自」になったと述べられているので、当時も、平中のような「色好み」連中とは別に、カタい生活をしていた女性たちもいたことがわかる。ひょっとすると、大方の女性たちは、そのような生活をしながら、『平中物語』を読んで楽しんでいたのかも知れない。後世になって、平成の時代によく読まれた『失楽園』(渡辺淳一、講談社、一九九七年)という小説を研究し、平成の頃はほとんどの人が不倫をしていた、などと結論されると困るのと同じかも知れない。

審美的トリックスター

『平中物語』の最後の三十九段では、次のような話が語られる。右大臣の母君が賀茂川に遊んでいるところに、本院の大臣もやってきた。そこで右大臣の母君が使いを出したが、男の方は返事もせずに帰ってしまった。右大臣の母君が嘆いているところに、平中から歌をおくってきた。

まことにや駒(こま)もとどめでささの舟檜隈川(ひのくまがは)はわたりはてにし

これに対して女性の返歌、

いつはりぞささのくまぐまありしかば檜隈川はいでて見ざりき

右大臣の母君などという高貴な方に対して、男から返事がなくて嘆いているところにつけこんで、平中がさっと手紙を出したものの、あっさりと振り切られてしまった。平中が「噂に聞いたことは本当でしょうか」という調子で問いかけているのに対して、「いつはりぞ」と頭ごなしにやっつけている。

これはおそらく、平中は、このような返歌を予想して手紙を出したのではないかと思われる。そう考えると、この時代における平中の役割がよくわかるのである。右大臣の母君にすれば、女の方から敢えて手紙を出したのに、返事が返ってこないのは、残念であったし、不面目にも感じたであろう。そんなときに、色好みで名高い平中から手紙がくるのは、表面はともかく、心の底では嬉しい気もしただろう。そして、それに対して頭ごなしに拒否をするのみならず、自分が本院の大臣に手紙を出した事実まで否定することができる。これで彼女の心は大分、晴れたのではなかろうか。ここに平中の役割がある。彼のお蔭でふさいでいた気持が晴れるとか、楽しくなった人がずいぶんといるだろう。この話が、物語の最後に置かれているのも、納得ができる。平中の役割をよく示しているのだ。

あるいは、一番最初の物語一段を見てみよう。男は中傷のために官位を失ってしまい、嘆かわしい人生を送っている。空の月を眺めても、嘆きばかりが胸に迫る。そこで友人に歌をおくる。

　嘆きつつ空なる月をながむればなみだぞ天の川とながるる

これに対する友人の返歌、

　天の川君がなみだの水ならばいろことにてや落ちたぎるらむ

これは、友人が平中の嘆きに深く同情し、天の川があなたの涙の水ならば、「いろことにてや落ちたぎるらむ」と詠んでいる、と見られるが、この言葉の裏に「冷やかし」のようなものを感じるのは、私の偏見だろうか。本当に大変なことでしょう、と言いながら、天下に隠れなき平中ともなれば、その涙は大分、違うのではないか、と男の友人同士の冷やかしが入っている。ここで「平中よ、参ったか」という感じがする。

こんなわけで、平中がいることで世の中が楽しくなると言えるが、そうとばかりは言っておられない。実は先に示した三十九段のひとつ前の三十八段には、平中の心配りのなさのために、尼になってしまった女性のことが書かれている。男は女と結ばれたのに、勤めの関係などに忙殺され、後朝(きぬぎぬ)の文を出さず、その後も訪ねられない。女の方は嘆いて髪を切り、尼になってしまう。そして歌がおくられてくる。

天(あま)の川(がは)空なるものと聞きしかどわが目のまへの涙なりけり

ここにも「天の川」が登場する。やはり涙の川ではあるが、ここで「天」は「尼」の掛詞として用いられている。平中はこれを受けとって愕然としたことだろう。それでも歌を返す。

世(よ)をわぶる涙ながれて早くとも天の川にはさやはなるべき

涙が流れるとしても、それほど早く「天の川」（尼）になっていいものか、と言っている。これを一段のところで紹介した平中の歌と比較してみるとどうだろう。あのときは、平中の涙は容易に天の川となり、友人に「いろことにてや落ちたぎるらむ」などと、同情されたり、冷やかされたりだったが、ここでは、涙が流れても、そう簡単に「天の川」になってもらっては困る、と言っている。

　これまで見てきたような平中の役割は、まさにトリックスターである。変幻自在。幸福と不幸が隣り合せに存在していて、つぎつぎと、そのまわりから「お話」が生まれてくる。

　日本の物語には、ヨーロッパのそれに比して、典型的な英雄（ヒーロー）が存在しないことは、よく指摘されるところである。ヤマトタケルにしろ義経にしろ、彼らは典型的な英雄ではなく、トリックスターの性格をもっている。平中もドン・ジョバンニなどと比較してみると、どうであろう。後者は、やはり英雄的であるが、平中はトリックスターである。

　トリックスターの物語は世界中（ヨーロッパも含めて）にあるが、平中の特徴は、その審美眼ではなかろうか。つまり、歌物語のヒーローになる素質をもっている。どんな窮地に陥っても、歌をつくるのだ。そして、その歌のなかに豊富にジョークを散りばめる。このような審美的トリックスターは、世界でも珍しいかも知れない。

歌の伝統

和歌は現在の日本においても極めて盛んである。日本中で和歌を詠んでいる人の数がどれだけあるだろう。高齢者で趣味を持とうとする人が増えてきたこともあって、相当な人口が和歌を詠み、それに関心をもっている。これは他の国で「詩」をつくる人の数などと比較すると、比べものにならぬほど多いことだろう。そんなわけで、古来からの和歌の伝統は、脈々と今も流れているということができる。

和歌を詠むという点では、伝統が生きていることは誰も疑わないだろう。しかし、「平中」のような和歌となると、おそらく、この流れを継承している人は皆無と言っていいのではなかろうか。掛詞や縁語を駆使する歌など、あまりつくられないことと思う。つまり、今では和歌がひとつの「作品」であることが期待されるのに対して、『平中物語』にある歌は、おそらく独立した作品として意識されるのは少ないであろう。それは、気のきいた挨拶や会話の表現方法のひとつとしての意義が大きい。

とすると、和歌ではなく、ジョークの応酬としての「平中」の伝統は、今も生きているだろうか。これは、江戸時代などは洒落本などの方に流れこんだものと思われる。ところで、現在のことを考えてすぐに思いつくのは、日本人はジョークが下手だ、という国際的評価である。下手というよりは、言わない人が多い、言えないという方がいいのかも知れない。『平中物語』の伝統は、現在において消え失せたのだろうか。

これは、ひとつにはジョークの種類ということもあるだろう。欧米社会に通用するジョークのパターンと、日本人のそれが異なっていて、日本人が「平中」式にやろうとしても、それが通じないために用いることができない。たとえば、掛詞や縁語の手法を英語でするとなるとどうなるのか、などということが生じてくる。こうなると、ジョークの文化比較などしなくてはならないので、これは少し置いておくことにしよう。

それよりも、日本人の集まる場所でのテーブルスピーチや、いわゆる挨拶の類に、退屈なのが多すぎはしないだろうか。この評論のタイトルに即していえば、冗句が抜けて、定句・畳句の連続ということになる。どうして日本人は、このようにキマジメになったのだろうか。欧米文化に触れて、それによって「追いつけ、追いこせ」と努力しているうちに、一方向にまっしぐらで、ジョークの母胎となる心の余裕を失ってしまったのかも知れない。

あるいは、『平中物語』の伝統とは別に、日本文化において大切とされている「型」を重んじる風潮が一般化して硬直し、定句の氾濫をきたすことになったのだろうか。「平中」はあくまで裏の文化として、低級なテレビのギャグ番組などのなかに崩れ去って、定句と冗句がまったく乖離してしまったのが、日本の現状なのだろうか。

考えるべき課題はたくさんあるが、ともかく日本の現代人は、もう少し『平中物語』に学ぶ必要があると思われる。国際化の時代に、審美的トリックスターが活躍したりすると、楽しいことだろう。

第七章　物語におけるトポス

場所の重み

物語において、特定の場所が大きい意味をもつことがある。それは、その場所自体が何らかの重要な特性をもっているようにさえ感じさせられる。

たとえば、『源氏物語』では、宇治という場所が大切な役割をもっている。京都において、多くの物語が生まれるのだが、宇治の生み出してくる物語は、それとは異なる意味合いをもっている。

特定の意味をもつ場所、トポスという考えは、近代になって個人を中心とする考えが強くなるにつれて、急激に薄れていった。個人の在り方、性格が大切であり、それがあちこちと場所を移動しようとも、中心的性格は変わらない、と考える。ある人物が、ある場所において、何かを感じるとしても、それは、あくまでその個人の感じることである、と考えられる。これに対して、トポスの考えを重視する者にとっては、その場所そのものが、何らかの性質をもつと感じられる。「ゲニウス・ロキ genius loci」(「土地の精神」とでも言うべきか)の存在を信じるのである。近代になるまでは、このような考えは、世界中あらゆるところにあったと思われる。したがって、王朝時代の物語にトポスのことが大きくかかわってくるのも、当然のことである。

『住吉物語』なども、住吉というトポスが生み出した物語と考えてみてはどうであろう。したがって、それは題名になっているのだ。継子であるために苦労を重ねた主人公が、住吉という場において、一挙に救済され、物語は、急激に幸福な結末に向かって展開していく。「住吉」という名前は、「住み良し」という意味を連想させたことであろうが、それはともかくとして、日常的な営みが行われる京都とは、まったく異質のことが生じる力をもった場所と考えられたに違いない。そして、そのような重要なトポス性を象徴的に顕現するものとして、住吉神社があると考えられる。

大和の長谷(初瀬)もトポス性の高い場所である。中世には長谷にまつわる多くの物語が生み出されている。長谷寺に参籠していると、夢によるお告げがある。そのお告げによって、いかに生くべきかの指針が得られる。実際に、長谷に行ってみると、今でも、そこは山々に抱かれた奥まった場所として、特別な雰囲気を伝えてくれる。

近代は、そのような場所のゲニウス・ロキを殺してしまった。土地はまったく平板化されて、何も特別な精神や霊などと関連するものではないようになった。誰もが、どこへでも、好きなように行くことのできる「便利さ」を、われわれは獲得したが、何事にも犠牲はつきもので、それはゲニウス・ロキの殺害という犠牲の上に成立していることを、われわれは忘れてはならない。

現在、アメリカでは、いろいろなワークショップをするときに、「リトリート」するのが流行である。人里離れたところに、何日間かすっこんで、精神的、心理的な体験をしようというわけである。それは、なんとかして近代を乗り越えようとする努力の現われと見ることができる。たしかに、都会のなかでの集まりよりも、それは効果的であることは事実であるが、ゲニウス・ロキの大量殺害の後で、それらが簡単に復活してくれるのだろうか、と思ったりもする。プレモダーンの知恵が、ポストモダーンをどれほど活性化してくれるのかはともかくとして、われわれは少しずつでも、このような努力を積み重ねていかねばならないだろう。

そのような努力の一環として、トポスの知に満ちた物語を心をこめて読む、ということがある。主人公が住吉へ行く、というのを、単純に人間の移動として読まず、その意味を十分に味わうことが必要である。なんと言っても、京都から住吉まで歩いて行った、ということも大切である。その長い過程が、特定のトポスに至るためには必要なのである。ＪＲとかに乗って行くのとは、まったく異なる。おそらく現代は、交通機関の故障、災害などによる死者や混乱によって、便利さがもつマイナスの部分を示されているのだろうが、それは時に訪れる「偶然」ということで、意味の方は不問にされる。往時は、各人が危険や苦労をそれなりに体験し、トポスの重みを感じるようになっていたのであろう。

こんなふうに考えてくると、王朝時代の物語は、何らかのトポスの特性によって支えられていることがわかる。源氏が「明石」にいたことは、物語全体のなかで、大きい意味をもっている。京都を遠く離れ、海の見える場所である明石は独特の性格をもっている。そのようなトポスの顕現として「明石の君」という人物がいる。明石の経験を自分のものとして帰京してきた源氏は、それまでの彼と相当に異なる性格になっている。明石というトポスへの「リトリート」が、彼の成長のためには必要だったのである。

『とりかへばや』の場合

物語におけるトポスの重要性を明確に認識させられたのは、『とりかへばや』を読んだときである。これについては、すでに発表しているが(拙著『とりかへばや、男と女』新潮社、一九九一年〈新潮選書、二〇〇八年〉)、論を進めていく上で必要なので、それについての要約を示しておきたい。

『とりかへばや物語』の主人公は、姉と弟(兄と妹説もあるが、以後、姉と弟として論を進める)のきょうだいであるが、姉は生まれつき男性的、弟は女性的なので、それぞれ男、女として育てられる。この秘密を知るのは彼らの親と側近のごく限られたものだけである。したがって、姉は男性として宮中に仕え、大将にまで昇進するし、弟は女性として、東宮(女性)付の女官になる。そのために周囲に大混乱を巻き起こすのみならず、本人たちも多くの悩みを背負いこむことになる。

なにしろ、大将(姉)は結婚するし、弟の方は東宮が同性と思って心を許している間に、性関係をもってしまい、東宮は妊娠する。大将の方はと言うと、彼の最も親しい友人の中将(官位は変化していくが、中将のときが長いので、こう呼んでおく)に女性であることを見破られ、これも性関係が生じ、大将は妊娠してしまう。

姉弟ともに大変な窮地に立たされ、死を願うほどになるが、ここで、姉と弟が役割を交換し、弟は大将となり、姉は女官となるという、思い切った大転換によってこれを切り抜け、最後は、めでたしめでたしに終わる。

なんとも荒唐無稽の物語とも思われるが、人間のジェンダーに関して、実にラディカルな思想を展開しているとも言える。男と女の役割として固定的に考えられていることが、いかに交換可能であるかを、この物語は示している。そして、男と女という明確な区別として信じられているものが、それほどではなく、その境界の崩れるあたりに、グロテスクすれすれの、この世ならぬ美が存在することも示してくれる。私はそんな観点

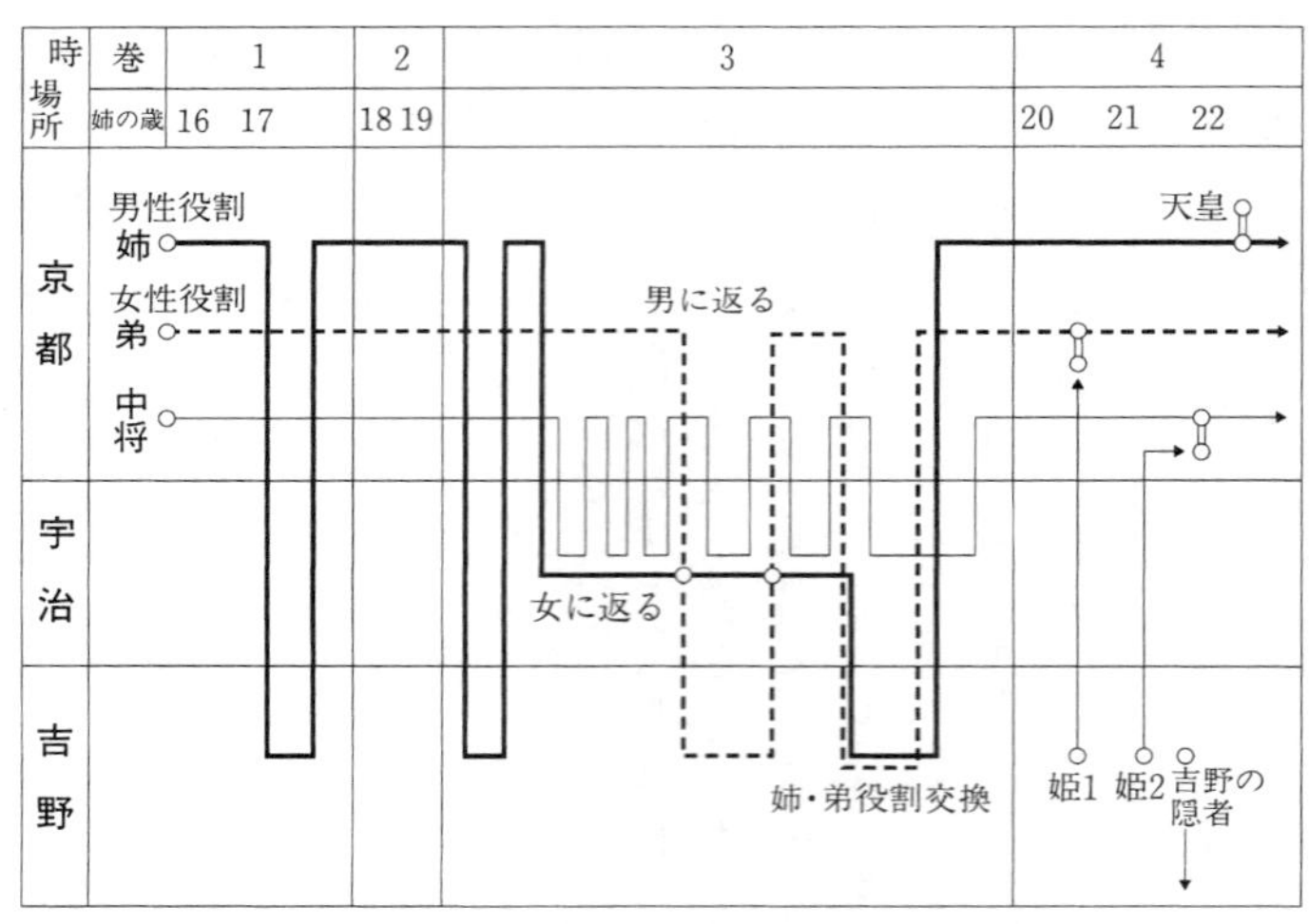

図1 『とりかへばや物語』の主要人物と場所

から、これを素晴らしい物語と思っているが、詳細は略して、この物語のトポスに関して述べてみよう。

『とりかへばや物語』において、宇治と吉野という二つの場所が重要な意味をもっている。図1を見ていただくと、これには話が進むにつれて、重要な登場人物が、どのような動きをしたかを示しているので、宇治と吉野の意味がよくわかるであろう。

京都はまさに日常の世界である。それに対して、宇治は京都を離れた世界であり、一般の人々の測り知れぬことが生じる。中将は妊娠した大将(姉)をひそかに連れ出して、宇治に住まわせ、大将はここで女性に変身する(というよりは、もとの性にかえる)のである。これは大変な秘密である。京都の人たちにとっては、まったく考えられないことだ。大将が女である。大将が子どもを生む。誰も知らない秘密を知り、彼女を手に入れた中将は得意満面ではなかったろうか。

とは言うものの、好事魔多しと言うとおり、このとき中将の夫人も妊娠して、出産の苦しみにあり、このため、彼は京都と宇治の間を大急ぎで何度も往復しなくてはならない。ところが、その間に、もとの男性に戻ろう、と決意した弟(女官)が、男の姿になって失踪した大将(姉)を探し求めてきて、二人は共に吉野の奥へと旅立ってしまう。

吉野には一人の隠者がいた。彼は、この物語全体のなかで重要な役割をもっている。彼は吉野に住んでいるだけあって、日常の論理を超えた知恵をもっており、物語の展開のすべてを読んでいるようなところがある。彼に対応するのが、京都にいる主人公の姉弟の父親である。彼は京都から一歩も出ない。ただ、わが子の幸福を日常的な意味で必死になって願っている。しかし、彼の力では何の解決策も見つからない。京都にいる日常世界における父と、吉野に住む老賢者の愛の交錯のなかで、極めて不思議な性の転換が行われ、子どもたちは幸福になっていく。

この物語は、吉野というトポスを抜きに発展することはない。そして、最後のところで、父親は夢によって、吉野において生じた現実を知り、話は大団円に向かっていく。日常世界に住む父は夢を通じて、吉野の領域と接触することが必要なのである。

子どもが不幸になったとき、自分は子どものためにどれほど努力したかと嘆く親は多い。できる限りのことをしたとか、最善をつくしたという人もある。それは嘘ではないだろう。しかし、その努力が、この物語に則して言えば、京都の領域にとどまっている限りは効果がない。まったく次元の異なる吉野というトポスとの接触をもたないと、ものごとは解決しないのだ。常識でものごとが解決するのなら、話はあまりに簡単である。と言っても、吉野の隠者の知恵のみでは事は運ばない。後に、姉弟がそれぞれの幸福を手に入れる上で、京都の父親の払った努力は大きいものがある。その頃、吉野の隠者はもっと奥深い山に入り、この世との接触を断っていく。

京都と吉野の中間に宇治がある。主要人物の動きを図のなかで見て印象的なのは、中将の軌跡である。彼は京都と宇治との間を目まぐるしく往還しながら、吉野の存在について、まったく知らないでいる。彼は京都の人たちの知らない大変な秘密、大将が女性であることを知っている。それのみならず、その女性を妊娠させ、自分のものにするという得意の絶頂において、何もかもわからなくなってしまう。

『とりかへばや、男と女』のなかで、私は、この中将を「近代自我」の典型である、と述べた。既に述べたように、近代はゲニウス・ロキを消滅させてしまった。個人を中心と考えるのなら、われわれは重要なトポスを自分の内に見出していかねばならない。自分の心の領域に、宇治を、吉野を見出し、それとのコンタクトを保たねばならないのだ。

中将はハンサムで行動力もあり、多くの女性と関係をもっている。彼はこの世界を自分の力で支配していると思っていたかも知れない。しかし、彼は一番大切なトポス、吉野のことをまったく知らないのだ。この物語は、何がどうなっているのかわからなくなって困り果てている中将の姿を描くことによって終わっている。実に素晴らしい終わり方だ。物語のなかで縦横に活躍し、物語のプロモーターであるかのように見えた男の困惑し切った姿を最後に描くことによって、ものごとは、才気煥発な男の意志や欲望と、まったく異なる動因によって進んでいることを明らかにしている。この中将を近代自我の姿としてみれば、本当によくわかる。

『とりかへばや』においては、京都、宇治、吉野というトポスの意味が明確すぎるほど明確に示されており、図式的表現も可能であったが、現実の方は、それほど明確ではないのも当然であり、したがって、物語におけるトポスも、いつもこれほどに割り切って論じられるものではない。しかし、物語におけるトポスの意味を示すには、実に便利な物語ではある。

『浜松中納言物語』

『とりかへばや』の場合と異なり、他の物語においては、トポスの重要性という点では変わりはないにしても、その意味は、それほど明確には言い切れない。最初に少し触れたように、どの物語もトポスに関連してくるので、それらすべてを表にして示すのも一興かとも思ったが、あまり図式的になるのも面白くないし、トポスの意味について深く考えさせられる『浜松中納言物語』を取りあげて論じることにした。この物語においても、吉野が重要な意味をもって出てくるが、話が唐土(からくに)にまで拡張して語られるところが特徴的である。それに、トポスとの関連で考えられる「転生(てんしょう)」ということも語られる。そんなわけで、特にこの物語を選んだのである。

『浜松中納言物語』は全五巻、それに「佚亡首巻」のあったことが明らかにされており、松尾聡による丹念な校注と解説によって、その全貌を知ることができる(以下は日本古典文学大系77、岩波書店、一九六四年、による)。

主人公の浜松中納言は(と言っても、子どもの頃は中納言であるはずもないが、便宜上、この名前で主人公を呼ぶことにする)、幼くして父を失い、亡父を慕う気持が強かったが、美しい母のもとに左大将が通ってくるのを知って愕然とする。それでも彼は左大将の家ともつき合っているうちに、左大将の長女、大姫に義兄妹の関係であるにもかかわらず、恋心を抱くようになる。その間に、父親が死んで数年後、夢に父親が現われ、極楽浄土に生まれるはずだったが、息子のことが忘れられず、唐の第三皇子に生まれ変わった、と告げられる。彼は孝養の気持黙し難く、朝廷に乞うて三年の暇を得、唐を訪ねることにする。彼は出発前に、大姫とひそかに結ばれ、大姫は妊娠するが、彼女を残して唐に旅立つ。

この話の発端は日本の物語として異例ずくめである。まず、主人公の男性は、父親との結びつきが非常に強く、母との関係を拒否している。これは日本の男性が、一般には母親との関係が極めて濃いという状態と異なるものである。このことが浜松中納言の以後の行動を、他の日本の男性たちとは異なるものにしている、ひとつの要因であるように思われる。その上、彼にとって重要なトポスは、宇治や吉野などをはるかに飛び越えて唐土であることが明らかにされる。

前に取りあげた『宇津保物語』においては、「波斯国」という、どこともわからない遠い異国が重要であった(第四章)。しかし、それは話の発端に示されるものであり、後の物語の展開においては、それを全体として背後から支えるものとして、機能していた。異国から伝えられた不思議な琴の音が、全体を貫徹する重要な要素となるが、トポスとしての波斯国は、ほとんど意味をもたない。

これに対して、『浜松中納言物語』においては、主人公は渡唐し、その地において極めて重要なことが起こる。彼は父親の生まれ変わりである第三皇子の母、河陽県の唐后をひそかに恋い慕うようになる。この物語の核心となるような恋愛である。

近代になって、ゲニウス・ロキが死に絶えたので、人々はトポスではなく、人間のなかにゲニウスを探し出そうと努めるようになった。異界をどこかの場所に求めるのではなくなると、人間としての異性ということが大きい位置を占めてくる。したがって、西洋の近代においては、男女の間のロマンチック・ラブということが至上のことになった。男も女も異性に魂の姿を見る。C・G・ユングが、男性にとっては女性像が、女性にとっては男性像が、それぞれ魂のイメージとなる、などと考えたのも、このためである。しかし、人間にとって魂のイメージは、必ずしも異性像で示されるとは限らない、と私は思っている。このことは、既に『とりかへばや、男と女』のなかで論じたところである。

『浜松中納言物語』においても、中納言と唐后との恋愛が重要になる。しかし、これはあくまで個人を中心とした、個としての男と女のロマンチック・ラブというのとは、趣を異にしている。彼らは心惹かれているが、結合のために互いが努力をするのではない。それに、第三皇子が中納言の父とすると、唐后は彼の祖母ということになり、二人の関係は、祖母と孫の関係となる。そこにはたらいているのは、男女の愛のみではなく、肉親の間の愛も混じっている。それは個人の意志や欲望を超えてはたらいている吸引力なのである。したがって、二人が結ばれるのも、両者の意志を超えた仏のはたらきによっている。中納言は夢告に導かれ、また、唐后の方も「ゐもいはずいみじきさとしあり」、それを陰陽師に問うと、住み家をしばらく変えるべきと言われ、両者は偶然に会い、結ばれる。中納言は、その相手が唐后であることを知らずに結ばれるのである。

このような二人の関係は、大いなる必然の流れのなかに生じ、中納言にとっては唐に滞在中の最も重要なことになるが、それは、まるで夢のような出来事であり、以後も、このことは「春の夜の夢」という表現によって、何度も語られる。これは、まさに異界において生じたことであり、唐土というトポスにおいてこそ起こることであった。

このような必然の流れのなかに出現してきた唐后は、実は日本というトポスと関係の深い人であった。中国から見れば、日本は異界であったに違いない。彼女の父親は遣日使として日本に渡り、上野宮の姫君と結ばれ、その間に生まれたのが、唐后なのである。父親は唐に帰るとき、娘を連れて帰るかどうか迷うのだが、夢告に助けられて彼女を連れ帰ったのであった。つまり、唐后の母は日本人であり、日本に生まれたのであった。

日本と唐土

それにしても、日本と唐という場所設定を試みたのは、相当に思い切ったことである。『とりかへばや』のときは、せいぜい吉野までであった。『浜松中納言物語』においても、吉野は出てくるが、京都と唐との中間的役割をもっている。

物語に唐が出てくるものに『松浦宮物語』（まつらのみや）がある。これは藤原定家の作と言われているが、唐に関する相当な知識をもって書かれており、『浜松中納言物語』において、この世ならぬという意味をこめて「唐土」のことが語られるのとは、少し違った感じを受ける。「異国」ではあるが、それはそれとしての日常性をもっているところという扱いである。もちろん、この話でも、男性の主人公、弁少将は思いがけない女性と唐土で結ばれる。女性とめぐり合うときに、女性の奏する楽器の音に心惹かれるのは、『浜松中納言物語』と同様であるし、女性との関係が個人の意志を超えたはたらきによるところも同じである。ただ、唐土における戦争のことがながながと語られるところは、他の物語とは著しく異なっている。このため、唐土のトポスとしての意味合いが、少しあいまいになっている。

『浜松中納言物語』においては、唐土は大切な異界としての意味を十分にもっている。

唐と日本とのつながりは、人物の往還によって示されている。まず、遣日使として唐から日本に来た男性は、日本で結婚した女性との間にできた娘を連れて唐に帰る。これに対して、転生のことは後に論じるとして、浜松中納言は唐に渡り、そこで唐后と結ばれ、生まれた息子を連れて日本に帰る。これらの人物の動きは、ある程度の対称性をもって語られる。

　唐后の父親が娘を連れて帰るかどうか迷ったとき、夢によって「はやくいてわたれ。これはかの国の后なれば、たいらかに渡りなん」と告げられ、彼はそれに従った。事実、娘は河陽県の后となったのである。また、次に唐后が中納言との間にできた息子をどうしようかと思いまどい、泣く泣く寝入ったとき、夢に、「これはこの世の人にてあるべからず。日本のかためなり。たゞ疾(と)くわたし給へ」と告げられ、これに従うことにした。

　日本と唐土とを結んで重要な人物の往還があり、いずれのときも子どもを伴うということになるが、夢が極めて直接的にそのことを示唆し、それに従っているところが特徴的である。つまり、日本と唐との関係は、夢の知によってのみ保たれるのである。ただ、中納言の息子が「日本のかためなり」と言われたことは、物語のなかでは実現していない。このため、この作品は未完ではないかと疑われたりもしている。しかし、後にも触れる、唐后が日本に転生してくるということも、実現されないままであり、これらのことは、今後のあらたなる展開を待つ、という形で物語が完結したのではないか、と思う。

中納言は帰国した後に、吉野の尼君を訪ね、その娘に心惹かれる。しかし、吉野の聖(ひじり)の戒を守り、姫には手を出さぬようにして大切にしている。ところが、式部卿宮が突然に現われ、姫を強引に連れ去ってしまう。中納言は八方手をつくすが、姫の行方は知れない。

このような事実がトポス論として非常に興味深いところである。中納言は唐土と深い関係があり、それとの関連で吉野とも深くつながっている。唐における唐后の死や、吉野の尼君の死は、夢によって彼に告げられる。彼は他の人々と比較するとき、はるかに深いトポスとの関係をもつ人と言える。しかし、京都のことに関して、彼は最も大切なことがわからないのだ。姫の行方がわからなくなったとき、夢は何も告げてくれない。それは夢でわかるようなことではないのだ。姫を奪うような人物としては誰がいるのか、それを探し出すのはどうすればよいのかは、彼は自分で「考える」ことが必要なのだが、彼にはその能力がない。

これはわりによく起ることである。世の中に関して、深い知恵をもった人や、あるいは極めて創造的な仕事をする人が、常識的なことや、少し考えたらわかることについて、まったく無知ということがある。あるいは、式部卿宮のように、京都では悪知恵をうまくはたらかすのだが、吉野とも唐ともつながりをもっていないために、せっかく強奪した女性を手離さねばならなくなる人もある。深い知恵と浅い知恵が共存することは、なかなか難しいことである。

深い知恵をもつからと言って、単純に幸福になれるものではない。中納言は吉野について、唐についての夢のお告げもあって、多くを知ることになるが、それによって彼は幸福になるのではない。「やはり、そうだったのか」というのが、彼の人生に対する感慨ではないだろうか。結局のところ「さるべきにや」と言いたい感じなのであろう。

転生

浜松中納言にとって、唐土というトポスと自分とを結ぶきっかけは、自分の愛する亡き父が唐土に転生してくるという事実であった。そして、物語の終わりにおいては、愛人の唐后が日本に転生してくるという予言によって、唐土との結びつきが濃くされる。転生ということが、二つのトポスをつなぐ仕掛けとして、実にうまく用いられている。

そもそも、転生というのはどういうことなのであろうか。日本の古来においては、死者の魂は山のあなた(常世の国)へ行き、やがて再生して、この世に帰ってくると考えられていたようだ。アイヌの信仰を見ても、人間の世界と神の世界(あちらの国)との往還は、相当にひんぱんに自由に行われている、と思われる。日本に仏教が伝来しても、このような転生信仰は、それとうまく結びついて、中世の日本人は、相当に転生を信じていたのではないかと思われる。

自分の死をいかに受けとめるかは、人間にとっての大問題である。自分という存在がまったくなくなってしまうという事実は、簡単には受け入れ難い。自分という存在の、何らかの意味における永続性を願うのは当然であり、古来から多くの宗教がそのことを取りあげてきた。日本人も従って、転生ということを相当に信じていたものと思われる。ただ、王朝時代の物語にその主題が現われることは、現存するもので見る限り少なく、『浜松中納言物語』と『松浦宮物語』くらいである。

ところで、転生という事実があるかどうかということではなく、心理的事実として見るとき、なかなか興味深いものがある。というのは、心の深層の方にまで至ると、現代人でも転生を信じるようなはたらきが生じるからである。

ここには詳述しないが、現在のアメリカにおいて、前世療法(reincarnation therapy)というのがある(ブライアン・L・ワイス著、山川紘矢・亜希子訳『前世療法』PHP研究所、一九九一年)。患者を催眠状態にし、過去の記憶をたどっていく。生まれたときの記憶などの後に、それよりもっと過去の記憶を述べるように誘導すると、急に前世の記憶を語り出す人がいる。自分は中世のヨーロッパに住んで、どのような家族と住み、どんな仕事をしていたか、などと語りはじめる。その結果、自分の現在の状況が前世の自分の生涯と、いかに関連しているかがわかり、大いに納得する。そのような納得を通じて症状が消失したりする。『前世療法』の著者は非常に慎重に、人間に前世があるとも、ないとも言っていない。ただ、このような体験が治療に役立つと述べている。

私も、夢分析をしていると類似の経験をする。分析の経験がだんだん深くなると、時に、自分が現在の時空とまったく異なる世界の人間である、という夢の体験をする。「私は江戸時代の武士でした」などという調子で、夢が語られる。そのときに、「これを自分の前世だったと考えてみると面白いですね」などと言うと、「あんがい、納得がいきますね」という答えがかえってきたりする。

「納得がいく」という表現があるが、このことは人間の人生にとって極めて大切なことだ。心理療法家である私のもとに訪れる人は、「納得がいかない」経験をもてあましている人が多いと言っていいのかも知れない。なぜ自分だけが不幸になるのか、なぜ自分の母親は早く死んだのか、なぜ医学的にも何も問題はないと言われるのに、これほど頭痛がするのか。それぞれの事実も大変だが、「納得がいかない」ために、よけいに苦痛が増大するのだ。「納得さえつけば、辛抱できます」という人もある。

現代人は「納得がいく」ために、自分の知る限りの経験と知識とを因果的に結びつけて理解しようとする。したがって、自分の状況の原因として「親が悪い」とか、「社会が悪い」とか言ってみる。しかし、本当の納得は得られない。本当の納得は、知的な因果的把握を超えて、自分の存在全体が「そうだ」という体験をしなくてはならないし、それは極めて個別的なものである。一般的原則に基づく説明は、本当の納得につながらない。したがって、その人にとって、自分の前世と現在の状況との関係が明らかになったときなどは、知的理解を超えて納得がいくのである。言うなれば、自分という存在が、今、目に見えているものや知識などを超えて、より偉大な存在との間に根づくのを感じる。

それと、もうひとつ転生を信じることの効用は、他の人や生物などとの関係の在り方が深くなることである。『浜松中納言物語』と同一の作者が書いたと言われている『更級日記』のなかに、大納言の娘の転生としての猫、という話が出てくる。そうなると、猫との関係が一変する。単なる一匹の動物などということをはるかに超えて猫が存在し、それとの関係が急に濃密化する。

はっきりと、何の転生であるかわからないが、転生があるかも知れないと考えるだけでも、他の生物とわれわれの関係は濃密化する。明恵上人は死んでいる馬を見て、ひょっとして自分の親の生まれ変わりかも知れないと考え、疎略な扱いをしないようにした。

現代人は、個人を独立した存在として、それを中心に考えるので、関係性の喪失に苦しむことになる。孤独は現代人の病である。それは孤独な死へとつながる。しかし、実際は、個人などというのは、そんなに自立したり、独立したりしているものではなく、他の人間、生物、事物などと、はるかに深く依存し合っており、自と他の区別なども現代人が信じるより、はるかに薄いものではなかろうか。昔の人たちのもっていた、濃密な関係性の感覚は、自分のまわりのものを、転生の結果として語るのが一番適切だったのではなかろうか。

心理的な話はこれまでにして、物語の方を見ると、浜松中納言にとって、幼いときの父の死はけっして納得のいかないものであっただろう。しかし、彼は転生した父に会うことができたのだ。ここで興味深いのは、唐の第三皇子が、いかにも子どもらしくふるまうところと、父親としてのもの言いをするところが交錯することである。浜松中納言は、「父上」と思ったり、「可愛いい子」と思ったりしたことだろう。

転生を信じることによって、人間は子どもを絶対的な子どもと思いこむ誤りから逃れることができる。子どもたちは、時に老人の知恵をもったりしている。自分は大人で、子どもは子ども、と絶対的な区別を考えている人は、子どもと接することの本当の面白さはわからない。男女の区別もそうである。男の前世が男で、女の前世が女とは限らない。

浜松中納言は、せっかく唐后と結ばれたのに、それによって生まれた男の子を伴って日本に帰らねばならない。日本では、唐后との縁で知り合った吉野の姫と結ばれるはずだったのに、式部卿宮の侵入によって邪魔されてしまう。彼はこの世において、はかない経験ばかりをしている。しかし、夢のお告げによって、唐后が吉野の姫の娘として転生してくることを知る。つまり、彼は深い世界とのつながりという点において、充分すぎるほどの関係をもつことができるのである。

何を物語るか

この『浜松中納言物語』によって、作者は何を物語ろうとしたのか。これと同一の作者の手になると言われている『更級日記』との夢の比較によって、この両者共に夢の体験がいかに人間にとって重要であるか、を述べようとしていることは、後に詳しく述べる(第九章)。

このことを踏まえて言うならば、『更級日記』の作者は、その日記に示されているように、世俗的にはあまり幸福とはいえない生涯であったが、彼女が夢を通じて知った世界は非常に深く、意義深いものであった。人間は幸福になろうと意識的努力をする。しかし、それではどうにもならない、もっと偉大で強力な「ものの流れ」とでも言うべきはたらきがあり、それに抗することはできないのだ。ただ、その流れに触れ、その存在を認識するとき、人間は大いなる納得や安心を得ることができる。そのような深さに到達する道として、人間には夢というものがある。『更級日記』の作者が、自分の実体験に基づいて言いたかったのは、以上に述べたようなことではなかろうか。

彼女は「日記」を書くだけでは満足できなかった。自分の体験をなんとか他人に伝えようとして、彼女が「物語る」ことにしたのが、『浜松中納言物語』であると考えられる。このなかで、夢があまりにも直截的に現実と結びつくことを問題に感じる人もある。しかし、それこそ彼女の言いたかったことである。ただ、その「現実」は心の深層における現実であり、物語的に展開するならば、それは特異な「トポス」における現実ということになる。作者はどうしても唐土というような、京都をはるかに離れた場所を話のなかに取り入れざるを得なかったのである。夢が吉野や唐における現実について、いろいろと語るのも当然のことと言える。

人間は、それぞれが物語を生きている。しかし、ある時代において一般的な性質をもつ物語というのがある。現在であれば、東大を卒業し、官僚になって、政治家になって、大臣になるとか、有名大学を出て一流企業に就職し、重役になるとか、おきまりの物語がある。この道をまっしぐらに生きている人は、他の物語にあまり関心をもたない。このような人は小説などあまり読まないだろう。

王朝時代の男性貴族にとっては、官位が上がることが一般的物語であった。その最高が太政大臣だった。そのためには天皇の外戚の祖父になることが必要だった。女性にとっては天皇の后、あるいは女御などになって、自分の生んだ子どもが天皇になることであった。そのとき、女性は国母と呼ばれた。

『浜松中納言物語』の作者は、前述したような物語を生きることのできない人であった(この頃の物語作者は、すべて前述のお決まりの物語からはずれた人生を送った、あるいは送らざるを得ない人たちである)。この頃の物語に非常によくあるパターンは『寝覚』などがそうであるが、主人公たちである男も女も、前述したような昇進の道筋を歩んでいるのだが、男と女が愛している相手と結ばれるという点は、ままならない。つまり、両者の意志や欲望を超える大いなる流れに従うより他ないことを思い知らされる、というものである。その点で言えば、この物語は、主人公は中納言までは昇進したが、話の展開のなかで一度も昇進せず、中納言のままでいる(したがって、それは題名にまでなっている)という珍しいものである。

このことは、物語の焦点が、いかに夢の体験、つまり、心の深層における体験にあるかを反映しているものと思われる。誰もが血まなこになる昇進のことは論外になっているのだ。浜松中納言にとって、男女関係も、なかなか思いのままにならない。不幸と言えば不幸である。しかし、彼は他の一般の人々の知らない深いトポスとの関係をもつ人であった。彼は、自分の息子が「日本のかため」となり、かつての恋人が日本に転生してくる、という予言に支えられている。これは幸福と言えば大変な幸福である。

このように見てくると、『更級日記』において作者が示そうとした、外的にあまり幸福とは見えない人生における、大いなる安心という主題が、そのまま『浜松中納言物語』のなかに、物語られていることがわかるのである。

第八章　紫マンダラ試案

『源氏物語』を読む

まず最初に、本稿を書くようになった、いきさつと意図を明らかにしておきたい。これは『源氏物語』の私なりの読みを述べるのだが、あくまで「試案」としているのは、私自身は国文学については、あまりに疎く、必要な文献を読んでいないことを自覚しているので、ここに、一応このような形で、私の案の骨組みを提示し、専門家の批判を仰いだ上で、もう少し堅実なものとして、あらためて世に問いたいと考えるからである(拙著『紫マンダラ――源氏物語の構図』小学館、二〇〇〇年(『源氏物語と日本人――紫マンダラ』岩波現代文庫、二〇一六年))。

素人がわざわざそのようなことをする必要はないといわれそうだが、それは次のような経過によっている。私は恥ずかしいことながら、『源氏物語』を読み通したことはなかった(現代語訳でも)。いつだったか、若いときに現代語訳(与謝野晶子訳だったと思う)に挑戦したが、「明石」に至るまでに挫折した。当時は、西洋流のロマンチック・ラブに相当に影響されていたので、光源氏の女性関係の、どれをとってもロマンチックといえるものはなく、失望して読み続けることができなかったのが実情である。

『源氏物語』を読み通すことなどあり得ないと思っていたほどだったが、だんだんと日本文化に対する関心が深まり、『とりかへばや物語』をきっかけとして、王朝時代の物語を読むようになった。そして、一九九五年の春、二カ月間、アメリカのプリンストン大学の客員研究員として滞在中に、『源氏物語』を読むことにした。外国滞在中のため幸いにも、ひたすらこのことに集中できたのもよかった。それと六十歳を超える年齢になっていたのもよかったのではないかと思う。中年のときだったら、なかなか理解できなかったのではなかろうか。

物語を読み進んでいるうちに感じたことは、光源氏という人物が、いわゆる主人公としてのまとまったパーソナリティをもっていないということであり、物語が進展していくにつれて、その重みが感じられなくなるということであった。それと共に、光源氏の背後から、しっかりとした姿を現わしてきたのは、作者の紫式部その人であり、いつの間にか、この物語を「紫式部の物語」として読むようになった。登場するあまたの女性たちは、紫式部の分身として感じられたのである。

「宇治十帖」になると、この感じはますます鮮明となり、女性の生き方を追求して、ひたすらに物語る紫式部の姿が、目に見えるようであった。読み終えたときは、さすがに興奮が醒めず、しばらくは眠ることができなかった。千年も以前、ヨーロッパはまだまだ未開といってもいいほどの時代に、女性の「個」としての在り方について、ここまで押し進めて考え、物語る人がいたことは、実に驚きであり、感嘆せざるを得なかったが、この時代の日本という特殊な状況においてこそ、これが可能であったとも思われた。これは、まさに女性による女性の物語である。

プリンストン大学の図書館には、相当に日本文学関係の書物があるので、『源氏物語』の解説をあれこれ読んでみたが、私のような考えを述べたものはひとつもなかった。もちろん、いろいろと参考になる知識を得ることはできたが。

プリンストンに滞在中に読んだ英文の論文で、アイリーン・ガッテンの「『源氏物語』における死と救済」(Aileen Gatten, "Death and Salvation in Genji Monogatari", *Michigan monograph series in Japan studies*, No. 11, Center for Japanese Studies, Univ. Michigan, 1993)が興味深かった。『源氏物語』のなかで、死んでいく状況が記述されている女性は、藤壺、紫の上、大君、の三人のみであることに注目して書かれたものである。紫式部の内界の女性像として見るとき、藤壺—紫の上—大君という流れは、ひとつの方向を示している。藤壺は男性との関係において相当な不安定さを感じさせられるが、紫の上は一人の男性との関係の上に、安定(といっても、嫉妬には脅かされるが)している。大君は男性との関係に生きようとしない。紫式部は彼女の描いた多くの分身のなかで、この三人に対しては相当に思い入れがあったように感じられる。だからこそ死の場面も描いたと思われるが、この三人の女性の男性との関係の在り方の変化が興味深い。そんなこともあって、ちょうど、プリンストン大学に集中講義に来られた、ガッテンさんと対談することができて有難かった(A・ガッテン／河合隼雄の対談「源氏物語(I)――紫式部の女人マンダラ」『続・物語をものがたる』所収)。このときに、私は『源氏物語』について、前述したような私の考えを語っている。

帰国後、瀬戸内寂聴さんの『女人源氏物語』(全五巻、小学館、一九八八―八九年)を読み、その根底に私の読みと似通う姿勢があると感じたので、対談していただいた(瀬戸内寂聴／河合隼雄の対談「源氏物語(II)――愛と苦悩の果ての出家物語」前掲書所収)。対談をはじめるや否や瀬戸内さんは、「『源氏物語』といいながら、源氏自身の影が非常に薄いですね。いくら読んでも光源氏の具体的なイメージが出てこないんです。(中略)源氏というのは狂言まわしですね、結局」と言われ、私は感激してしまった。そして、「『源氏物語』のおもしろいところは、つまらない女とか、気が弱いとか淫乱だとかいわれた女が、それが思い余って出家したとたんに、源氏より精神の背丈がはるかに高くなっている点で、そこがみごとです」と言われる。これは、後に述べるような私の考えと符合するものである。私は大いに勇気づけられた。

次に、自分の考えを強化された事実がある。それは現代人の女性に対する考え方が、父権的な意識によってなされており、それをもう一度、「女性の目」で見直そうとする動きが、ユング派の女性の分析家に生じてきており、そのなかの注目すべき二冊の書物の邦訳が出版されることになったことである。私はその序文を書くことになり、その訳を読み、それが「女性による女性の物語」として『源氏物語』を読もうとしている自分に非常に参考になった。この点については次節に述べる。

ただ、『源氏物語』について何か書くことは、その先行研究のあまりに多いことを考えると、どうも気後れがしてしまう。主なものを読むだけでも、私の命の方がもたないであろう。そんな気持でいるとき、雑誌『源氏研究』の座談会に招かれ、源氏研究の専門家である三田村雅子、河添房江、松井健児の三氏とお話し合いをする機会に恵まれた（河合隼雄・三田村雅子・河添房江・松井健児「源氏物語　こころからのアプローチ」『源氏研究』四号、翰林書房、一九九九年）。対談中やその後の雑談のときも、私は自分の『源氏物語』の読みについて述べたが、三氏とも、それは面白いので書いてみては、先行研究などについては援助すると励まされたので、大変に勇気づけられた。そしてとうとう、ここに試案を提示することになったのである。

ながながと弁解がましいことを述べたが、以上のようないきさつで、まったく素人の私がほとんど先行研究を知らないままに、『源氏物語』について発言することを了解していただきたい。なお、これは私が心理療法家として、現代に生きる女性の生き方について考えてきたことも、ひとつ重要な要素となっており、『源氏物語』を通じて、現代に生きる女性の――ひいては男性の――生き方を論じているような側面ももっている。

女性と男性

『源氏物語』には男性と女性の間の関係、その愛憎について書かれているし、それが主題であるとさえ言えるだろう。しかし、既に述べたように、私にとってはどう考えても、それは「ロマンチック」などと呼べるものではなかった。多くの場合、特に最初の男女の関係は、むしろ「男性の侵入」と呼ぶ方が適切な場合が多い。ロマンチック・ラブは、そもそも男女に性関係のないことを前提として考えられたほどのものであるのに、日本の王朝時代の男女は、男はちらりとでも女性の姿を覗き見をしたりしているにしろ、それもないときがあり、女性は顔も知らないことの方がほとんどである。そして、最初の関係は性の関係からはじまっていると言っていいほどである。そして、それが「正式」の場合でも、三日後にはじめて対面ということになる。このような関係は、いったいその本質をどのように考えるべきなのか。

男性はこのような在り方に、おそらくあまり疑問を感じなかったであろう。しかし、女性はどうだったのだろう。

それぞれの文化、それぞれの時代は、それなりの生き方のパターンをもっている。そのなかで人々は生きているのだが、それに対して何ら疑問を感じない限り、その人は敢えて「物語」(あるいは文学作品)を書こうなどとは思わないであろう。あるいは、少しぐらい疑問に感じるにしても、自分で物語をつくるほどの「個」の力がないときは、不平や不満を周囲にもらす程度で終わることだろう。

平安時代であれば、およそ文を書けるほどの人で、男性は、大方はその体制に組み入れられているので「物語」など書く気が起こらないだろうし、極めて例外的な人が書いただろう。女性も、高貴の人と結婚したり、あるいは天皇の相手となって、男の子を生み、それが東宮になるかどうか、などというおきまりのパターンにはまっている人は、物語を書くこともない。しかし、紫式部のように、身分上はその路線からはずれ、しかも知的にも財政的にも、自立的に生きられる人にして、はじめて「物語」を書くことができたのである。これは、全世界において見ても、奇跡に近いほどのことである。

それほどの「個」の力をもつ紫式部が、「女の目」でものごとを見たとき、「男性の侵入」と、そのあまりにも身勝手なところに冷たい目を向けなかったのは、なぜだろう。おそらく、男女関係やセックスについての当時の理解は、現代と相当に異なっており、ロマンチック・ラブなどのヨーロッパの中世に生まれた男女関係は、これらの理解に役立たないのではないか、と思われる。

筆者が、王朝時代の男女関係の理解に役立つ、ひとつの考え方として取りあげたいのは、「聖娼」ということである。これは、現代人のものの見方や考え方が、あまりにも父性の意識に偏りすぎており、もっと母性の意識でものごとを見ることが必要であり、それによってこそ、現代の女性も全人的に生きることができると主張する、ユング派の女性の分析家、ナンシー・クォールズ-コルベットによる著書『聖娼』(高石恭子・菅野信夫訳、日本評論社、一九九八年)に述べられていることをヒントとして考えたことである。

「聖娼」は植物生命の再生儀礼として、古代社会に行われていた「聖婚」の儀式において、未婚の女性によって演じられた聖なる花嫁の役割を原型として、農耕民族の間にいろいろなヴァリエーションをもって行われていた。いずれにしろ、それは大地母神の信仰と結びついており、イシュタル(あるいはアシュタルテ)のような大地母神と愛人との間の「聖婚」のドラマを再現する意図をもって、神殿に詣でた処女が、そこを訪れてくる見知らぬ旅人の男性に身をまかせるのである。このような行為が、あくまで女性の原理によって貫徹しているところに、その意義があり、ここで男性は、あくまで脇役を務めるのにすぎない。

わが国も農耕民族の国として、おそらく、このような「聖婚」あるいは、それに類似の制度をもっていたのではないかと思われる。このような古代の制度を生きているとき、人間には、現代、われわれが考えるような「個」の意識はほとんどなかったであろう。穀物の豊饒は部族全体の願いであり、その儀式に全体が参加する聖なる儀式として行われたのであろう。その集団的で非個人的な意義のためには、男女は互いに相知らぬ者であることが必要であったと思われる。そして、このことによって、植物の「死と再生」の秘儀に人々はあずかることができたのである。

聖娼の制度は、男性の意識が優勢になるに従って消滅していく。その典型がユダヤ教による聖娼の禁止であろう。キリスト教文化圏においては、このようにして霊性(spirituality)と性(sexuality)は完全に分離されてしまう。そして、性や身体ということが一方的に俗なものとして貶められていく。

わが国の事情はもっと複雑であると考えられる。わが国においても徐々に父権が強くなってくる。しかし、それはキリスト教文化圏のように、それが天に存在する父なる神によって支援され、徹底した父性原理が生活全体に貫徹していくのとは異なっている。父権は強くなってくるが、人間の意識まで強い父性意識になるのではない。むしろ、母性意識が強いほどである(これは、現代においてもまだそうだといってよいことは、これまでしばしば他に論じてきた)。

平安時代は、制度的にも完全に父権が確立されているわけではなく、双系的要素も多分にもっている。心理的にいえば、まだまだ母性の意識が強い。そのような状況のなかでの男女の関係を本当に共感するのは、われわれにとってほとんど不可能と言っていいかも知れない。ただ、男女関係の底流に「聖娼」的なものがはたらいていたことは推察できる。このあたりのことを論じはじめると、このことだけで本稿を満たすほどになろうが、それは割愛して、端的に述べるならば、見知らぬ男性の侵入は、当時の女性にとって苦痛を伴うにしろ、イニシエーションの儀礼として、超個人的な聖なる体験として受けとめられていたのではないかと思われる。そして、その後の性の体験は、霊性と切り離されたものとしてではなく、もっと一体的に受けとめられたのではなかろうか。

　男性にとっては、性の体験はどのように受けとめられていただろうか。彼にとって、超個人的関係と個人的関係、性的関係と霊的関係は、女性の場合ほども融合し難いものであったろう。さりとて、キリスト教的な観念に縛られている現代人ほどにも分裂していなかったのも事実であろう。

　社会の形態がだんだんと固定してくるに従って、男性は社会制度による制約も相当に受けてくる。その上、男性の性欲は女性よりも直線的で制御し難い。強い身体的欲求によって行動するか、社会的地位を第一に考え、地位の獲得や保全に結びつけて男女関係を考えるか、霊的な次元における結合を考えるか、男性の場合は、相当に悩みがあったのではなかろうか。それにしても、現在に比して、霊性と性の分裂は強くなかったので、男性の色好みにも、それ相応の価値は与えられていた。ごく大まかに見て、このような男と女との関係のなかから、『源氏物語』は生み出されてきたと思われる。

女性の物語

母権の強いときの女性の人生においては、男性はあまり大きい意味をもたなかったであろう。娘はいつか母になる。このとき母になるための相手の男性は、まったく無名である。母になれば安泰だ。地母神によって支えられ、彼女は生き、自分の「再生」ともいえる娘を残して土に返っていけばよい(図2)。

この世界に、男が現われ父権を主張する。男はその腕力の強さなどによって、権力を拡大していくと、女性を母—娘の分類のみではなく、男性との関係における分類、妻、娼を入れこんでくる。そして、父権が強力になると、社会のなかの軍事、政治、経済などの分野で男性は活躍し、男の世界をそのようなことによって分類し、女性をむしろ、それを支える存在と見なし、図3に示した女性の分類内に女性を閉じこめて、そのなかに女性の職業を入れないようにした。つまり、女性を考えるとき、それは必ず男性との関係において考えることとし、女性は、男に対して、母、娘、妻、娼のいずれかとして見ることによって、そのアイデンティティが決定されるとした(図4)。これに対して、男は社会的地位や職業などの方に、そのアイデンティティの重みをかけ、女性との関係

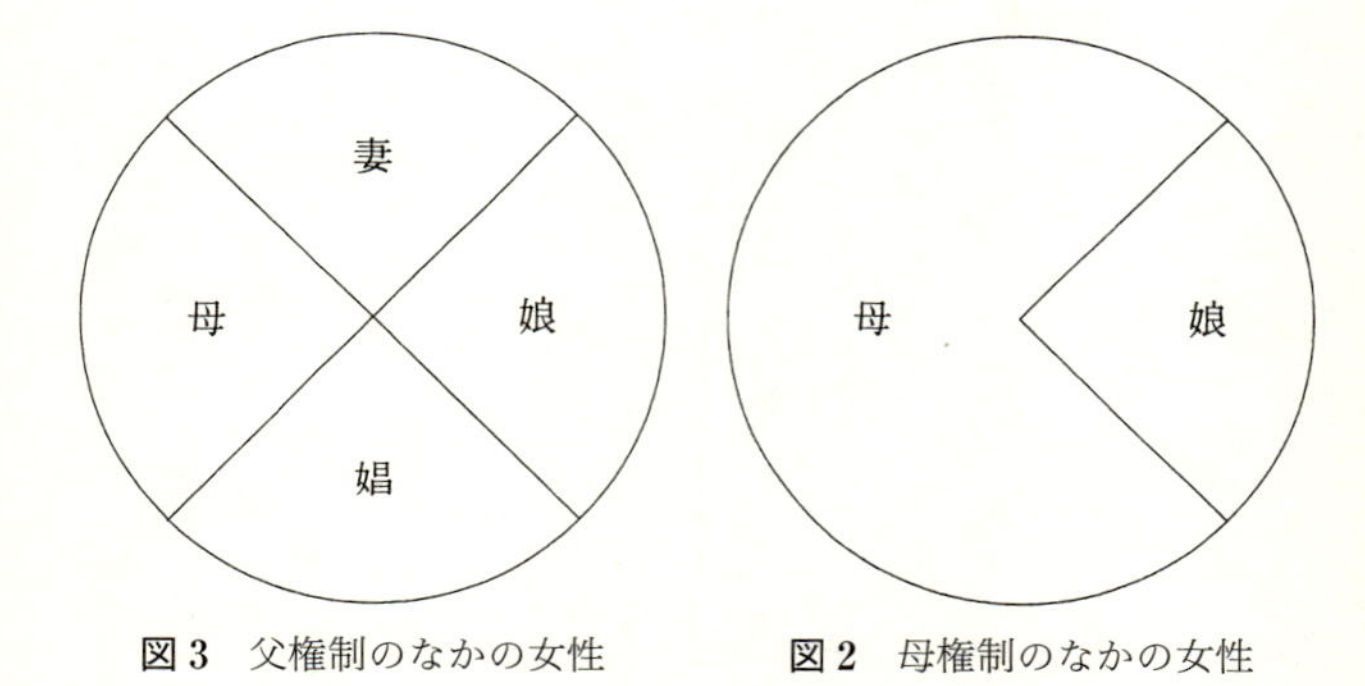

図3　父権制のなかの女性

図2　母権制のなかの女性

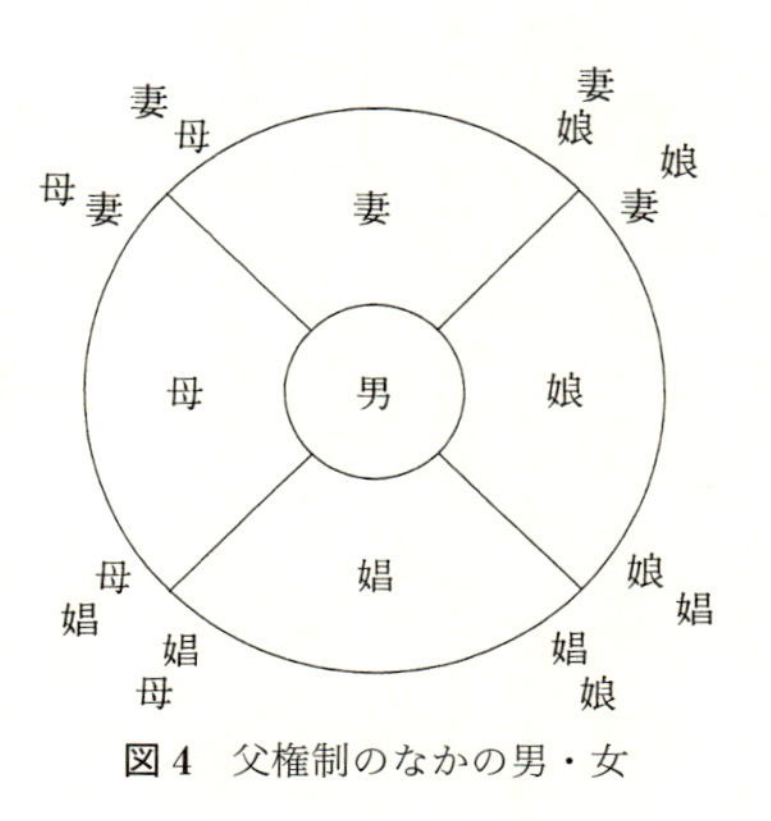

図4　父権制のなかの男・女

を二義的なものと考えたのである。

しかし、平安時代の男性はそれほど明確ではない。貴族社会では軍事ということがない。彼らは他の文化の男性よりも、はるかに女性との関係に生きていたであろう。したがって、色好みということは、人生における重要な要素でもあった。

紫式部は同時代の他の人々に比して、はるかに強い「個」をもち、知的にすぐれていた。しかし、時代の制約をある程度、受けているのはやむを得ない。彼女は「個」としての自分を観るうちに、自分のなかに実に多くの女性が生きていることを知った。彼女の体験する個人は、女性群像であった。ここが、父権意識による「個」と極めて異なるところである。

現代の女性が「個」を考えるとき、ともすれば父権意識によって考えようとする。前述のコルベットらのユング派の女性の主張するところによると、女性が父権の意識の確立に努力することになり、男性と同等に生きることになるが、そこでは極めて深刻に霊性と性の分裂や、極端な孤独に悩むことになる。

紫式部にとって、「個」を見出すことは、女性の群像を描くことであった。『源氏物語』に登場する女性たちは、すべて彼女の分身であった。そして、「宇治十帖」においてドラスティックな転換があるが、それまでのところ、すべての女性は男性との関係において描くのが最も適切であるので、彼女は、女性群との関係を中心において一手に引き受ける「光源氏」なる男性を設定することにした、と思われる。

紫マンダラ

光源氏は「理想の男性」などといわれるが、人間の到達するべき目標を示すものとしての「理想」などとは無縁である。それは、既に述べたように、多くの女性たちの相手として登場するために、一般には兼ね備えられないような傾向をもっていたりするので、非現実的であるのは事実であり、それを考え間違って、「理想的」などと呼ぶのではなかろうか。多くの属性を備えている点で、神に近いところがあるが、言ってみれば、最高の便利屋のようなところもある。このような点に気づかず、一個の人格をもった人間として見ようとすると、源氏のずるさなどに嫌気がさすことになる。アメリカ人の読者で、光源氏を嫌いな人が多いなどというのは、このためであろう。筆者も若いときは、そのような態度で『源氏物語』に接して嫌になったのであった。

光源氏は、このような特異な存在として登場しているのだが、やはり、作中人物は作者の意図を離れて自律的に動く傾向をもっており、作者がそれと葛藤することによって作品が興味深くなることもある。このような傾向の強いときは「物語」というより「小説」に近くなるが、『源氏物語』でも、そのような傾向が強くなっている巻があるように思う。玉鬘に対する源氏の感情などはそうではないかと思うが、どうであろうか。

　このような点は、しばらく置くとして、『源氏物語』の「幻」の巻までは、紫式部がもっぱら自分のなかの分身たちを描くというより、彼女の「世界」を描いたのであり、それを成功させるために、中心に光源氏という男性像を据えて、ひとつのマンダラを完成させようとした、と考えると、この物語の全体の構図がよく見えるように思う。紫式部自身、内的に外的に、実に多様な体験をしたことであろう。母、娘、妻、娼のすべての体験をもったであろう彼女が、光源氏という男性像を中心に据え、それとの関連という形で、彼女の「世界」を提示した。それを「紫マンダラ」と呼ぶことにしよう。

　そこで図5の中心に光源氏を置き、『源氏物語』に語られる女性たちを、このなかに位置づけることにしよう。もっとも、光源氏とあまり関係のない女性たちは、ここに示さないことにする。

　まず、母―娘の軸において、母のところに桐壺、娘のところに、明石の姫君が置かれるのは当然である。このマンダラに現われる女性のなかで、源氏とはっきり血のつながりのある親子関係にあるのが、この二人である。ここで、興味深いのは、明石の姫に対する秋好中宮の関係である。後者も源氏と血はつながっていないが「娘」である。しかし、実の娘とはニュアンスが異なっている。なにしろ彼女は六条御息所の娘なので、源氏の御息所に対する感情を引き継いでいるところがある。というわけで、秋好中宮は娘

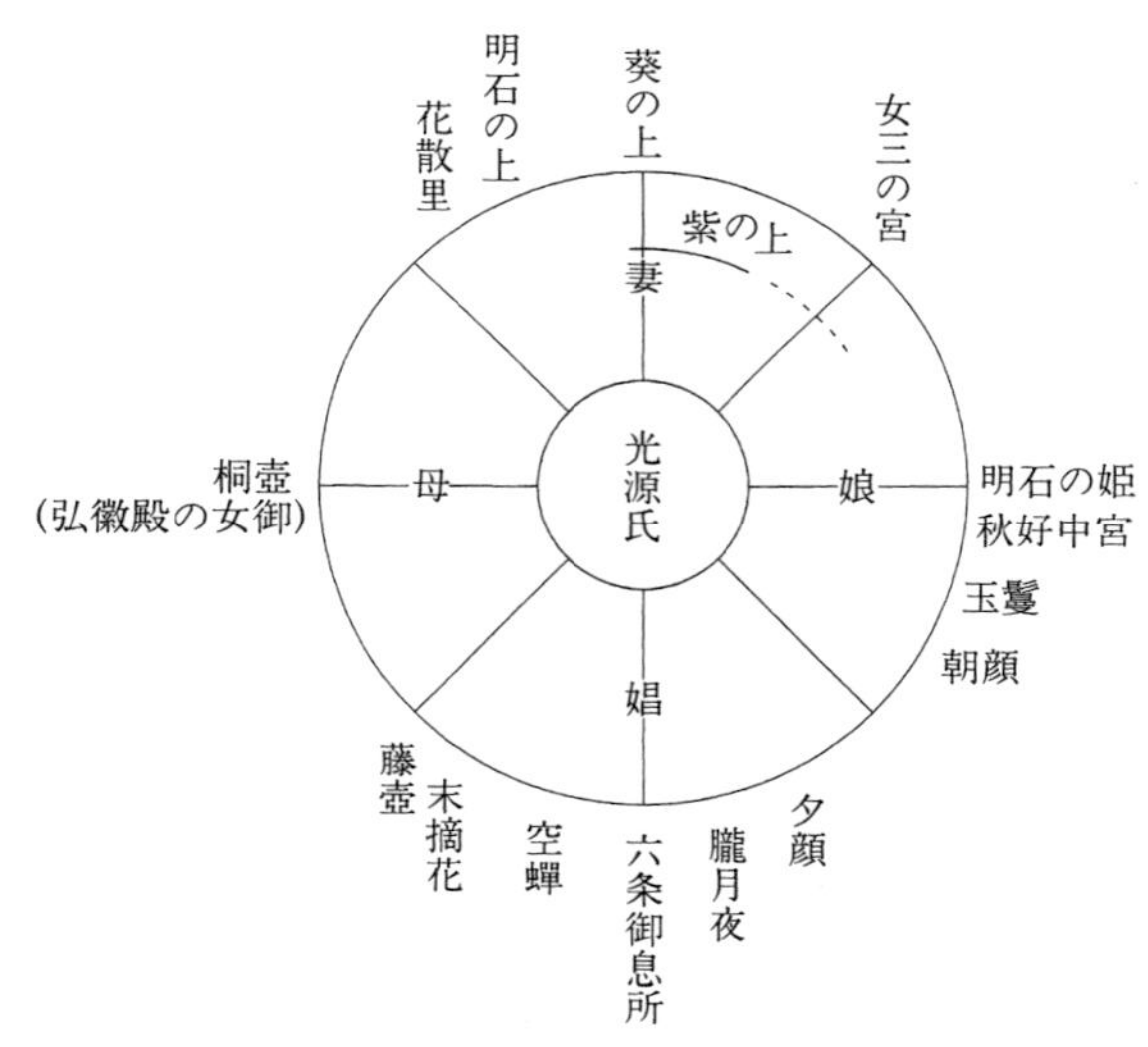

図5　紫マンダラ

の軸よりは、少し、娼の方に近いところに位置することになる。このような源氏の心の動きは、朝顔や玉鬘へとつながっていくと思われる。

母親、桐壺の影に弘徽殿の女御を配した。もちろん、彼女は源氏の母でもないし、母親役を演じたのではない。むしろ、彼に敵対する側の「母」として、母性というものが他者に対して、いかに否定的にはたらくかを如実に示す役割を果したのである。これも、紫式部の世界に住む女性として、母というものの本質にかかわる存在と考えられるので、ここに配することとした。

妻と娼との軸上には、葵の上と六条御息所を配した。葵の上を妻のところに据えるのは、誰も異論はないであろう。娼に誰を置くかは、人によって意見が異なるかもしれない。しかし、葵の上との対立関係があまりにも明らかであるし、後に述べるような他の「娼」たちは、母の軸か娘の軸のいずれかに少しずれる感じがあるので、このようにした。次に、源氏との性関係のあった女性を、妻と娼のどちら側に分類するかについても異論はあろうと思うが、源氏と住居を共にしている点などから考えて、紫の上、明石の上、女三の宮、花散里を妻の方に置き、他を娼の方にした。

そこで、まず妻の方であるが、花散里は妻であるが、母性的役割を受けもっているので、母の軸の一番近くに置き、それに対して、女三の宮は娘の軸に近くした。明石の上は、やや母軸寄りというところであろうか。このようにして少し無理があるにしろ、それぞれを位置づけることができるが、紫の上は例外で、どこか一点に置くのが難しい。彼女のカバーする範囲は広い。そもそも彼女は「娘」として登場し、葵の上の亡き後に妻の座におさまるが、それは葵の上のように、「妻」としての確たる位置を社会的に確保したのではない。心理的には妻であったが、彼女は源氏に対しては、時に娘のように、あるいは母のようにして接している。時には娼のように、というのもつけ加えられるだろうか。

紫の上のこのような特性は、おそらく、紫式部が一番同一化の強かった人物であることを示している。彼女は子どもを生んでいないが、明石の姫君の養母になっているし、この紫マンダラの全領域にかかわるような存在である。しかし、紫式部はそれだけでは満足できず、ここに示すような女性群像をもってこそ、彼女の「世界」が描かれると感じたのであろう。

次に「娼」の方を見てみよう。物語の早くに現われる、空蟬と夕顔は、どちらも「娼」のところに置くのは妥当と思えるが、ある意味の対照性をもっている。夕顔は相当一途に源氏に応えていくのに対して、空蟬は大人の分別をもって対し、むしろ源氏から去っていく。その対照性に注目して、夕顔はやや娘寄り、空蟬は母寄りに、六条御息所を中心として配することにした。夕顔が六条御息所らしき生霊によって、命を失うのに対し、空蟬が後に出家するというのも対照性を示している。朧月夜の君は、特に母軸、娘軸に近いという感じを受けなかったのだが、華やいだ感じなどで、やや娘軸寄りのところにした。

末摘花は相当に母性軸に近いところに配するのが妥当であろう。源氏が彼女に対して母性的な優しさを示すのも、彼女よりの反対給付としての母性が、源氏には必要とされたのであろう。花散里と末摘花は類似の特性を共有している。特異な存在は、藤壺である。彼女は社会的には源氏の義母である。しかし、おそらく源氏にとって心理的には母ではなかったであろう。そのような意味で、藤壺は母軸に近いところの「娼」に位置づけたが、これは末摘花とは場所は接近しているものの、その意味はまったく異なっている。

藤壺は後に出家する。これは彼女とは対の位置をしめている女三の宮と呼応していると感じられる。この二人の出家は、後の浮舟の出家の前奏として重要な意味をもつように思われる。源氏という男性を介して、この世の「かなしみ」を知り、むしろ源氏から離れることによって、自らの生を全うしようとしたのである。

娘の軸における、明石の姫君、秋好中宮については、既に述べた。彼女たちに対して、微妙な娘役をするのが玉鬘である。源氏は最初、玉鬘を「娘」として引き取る。しかし、そのうちにだんだんと源氏の気持が変わってきて、娘としての紫の上が妻の世界へと変化していくように、玉鬘が徐々に娼の世界に入り、紫の上と対となるようなことを望んだのではなかろうか。しかし、事は源氏の思うように進まず、玉鬘は鬚黒の大将と結婚してしまう。

玉鬘のことが生じる少し前に、朝顔の斎院が現われる。これは源氏が言い寄ったが断られた珍しい例である。これは名前から見ても、夕顔と対照されていると思う。どこに位置づけるか少し難しいが、「娼」の軸に近い「娘」のところに置く。玉鬘が心理的には源氏に対して、どのような気持をもっていたかは明らかでないが、中年を過ぎた源氏に対して、関係を拒む女性が出現してくるのが特徴的と思われる。

このようにして図5に示すように、やや強引であるが、光源氏の周囲に女性群像を位置づけることができた。既に述べたように、これは光源氏の世界ではなく、紫式部の世界である。ただ、彼女が自分の世界を描く上で、光源氏という男性とのかかわりにおいて描くのが、最も適切と考え、彼を、いわば借りものとして中心に据えたのである。ここに示された女性の、それぞれの性格や関係などを、もう少し詳しく検討すれば、このマンダラの意味合いも深まるのであるが、ここでは割愛しておこう。

この女性のイメージの変遷を見ていると、紫式部がだんだんと光源氏との関係を断つ女性の方に力点を置くようになる事実が認められる。葵の上、六条御息所にとって光源氏抜きで人生を考えることなど、できるはずがなかっただろう。だからこそ、かえって冷たくもしたり嫉妬もしたり、ということもあった。紫の上はどうであろう。彼女は源氏がすべてというところはあったが、晩年にはひたすら出家を願っていた。藤壺と女三の宮の出家については既に述べた。そして、朝顔や玉鬘のように源氏との関係から逃れる者が出てくる。このような変化は、紫式部が自分の「個」を考える上で、男性との関係においで見るのではない自分の姿、ということを、少しずつ意識してきたことを意味しているのではないだろうか。

この点を追求するためには、源氏の死が必要であった。光源氏という男性との関係においてではなく、女性が個としての生き方を考えるとどうなるのか、その答えを見出そうとして、「宇治十帖」が書かれたと考える。

個としての女性

個としての人間の自立性を考える場合、父権の意識が強くなると、個としての自分を他と切り離した者として考えがちである。他に依存しない自己を確立する。このことが浅薄に受けとめられると、依存を自立の反対と考え、他への依存を極力避けようとする。しかし、こんなことは不可能である。男性も女性も、このような自立を歩もうとする者は、結局、誰かを自分に従属させることによって見せかけの自立を保つことになる。父権の意識を強くすると、見せかけの自立の上に、妻、娼、娘(時には母も)を従属させて生きることになる。これに対抗するためには、女性は母となって男を従属させるか、時には、妻、娼、娘であっても男を従属させる手段を見出すか、ということになる。あるいは、女性は男性と同等であることを主張し、極めて孤独な自立に陥っていくことになる。このような女性を、「父の娘」と呼ぶこともある。

依存するが従属しない、自立するが関係を断たない、というような「個」を確立することはできるだろうか。紫式部が、このような問題意識をもって物語を書いた、とまで言う気はない。しかし、彼女は男といろいろな関係をもちつつ、従属しない、自分にと

って の個(one for herself)を見出そうとする意図を、彼女の生きていた時代や文化の制約との葛藤のなかで追求しようとしたと思われる。このようなことが、「宇治十帖」を源氏の死後のこととして書く必然を彼女に感ぜしめたのではなかろうか。

「宇治十帖」の物語が宇治という土地を主な場所として展開するのは、注目すべきことである。物語におけるトポスの重要性については、既に述べた(第七章)。京都という日常の世界とは異なるレベルであることを明らかにするために、「宇治」という土地が用いられている。ここに住む八の宮の娘たちは、したがって、それまで光源氏がかかわる形で書かれてきた女性とは、何らかの意味で異なることが前提とされる。

この女性たちと関係が生じるのは、二人の男性、匂宮と薫の君とである。この二人は高貴な身分で、光源氏とは深い関係がある。匂宮は源氏の娘である明石中宮の息子なので、彼の孫である。薫は源氏と女三の宮との間にできた唯一の息子である。といっても、これは表向きのことで、実は女三の宮と柏木との密通によって生まれた子どもである。ところで、これまでは、あくまで光源氏一人を中心にして物語を進めてきたのに、ここで、どうして男性が二人になったのであろう。これは、それまではあくまで男性との関係において女性を見てきたのだが、以後は、男性との関係を中心とせずに女性を見ようとし、光源氏のような非現実的な存在よりは、もっと現実的な男性が必要になったので、いわば、源氏のもつ両立し難い側面を二分して、それぞれの人格にしたと考えられる。

匂宮と薫の性格の対極性はよく指摘されている。前者が華やかで行動的であり、いわゆる色好みとして多くの女性との関係が発展するのに対し、薫は内向的で、何かにつけて疑念をもち、行動するよりは考え、あちこちに配慮する。この二人が宇治とかかわることになるのだが、話は、まず薫が八の宮の長女、大君に恋い焦がれることからはじまる。

薫の大君に対する気持は誠実そのものと言っていい。それでも、大君はひたすらに薫を避ける。ここに、男性とのかかわりを抜きに生きようとする女性像がまず示されている。ただ、それはあまりにも男性との関係を断ちすぎている。彼女は、ある種の「父の娘」である。父、八の宮の人生観をそのまま受け継いでいる。彼女は、父親の男女関係の在り方に関する考えを超えようとはしていない。男女関係にうっかりはまりこんでは、不幸になってしまうという、父親の屈折した人生観を受け継ぎ、男女関係を肯定する側を妹の中君に譲り、否定する側を自分が生きる形をとる。したがって、彼女は「一人」で生き抜くものの、それは孤立になってしまう。既に述べたように、彼女の死んでいく姿が記述されていて、紫式部の彼女に対する入れこみの深さを感じさせるが、それは紫式部にとって理想の姿とは言えなかった。

光源氏の分身とも言える薫が、大君に対して強く惹かれつつ、いろいろと想いをめぐらせたり、画策したり、ついには匂宮を引きこんできたりするところは、実に興味深い。

彼は「考える人」である。しかし、彼の考えは、あくまで「京都」に縛られていて、「宇治」にまで開かれていないのだ。せっかく何度も宇治を訪ねているのにもかかわらず。

薫は相当に好意をもって描かれている。彼も熱烈に恋をする。しかし、そこらにいる色好みとは異なるのだ。後年に匂宮と薫のどちらが理想の男性か、との論争さえあったようだが、紫式部の言いたかったのは、その薫でさえ、理解をすることのできない女性の境地というのがある、ということである。

最後の切り札として現われる浮舟が、何も知らない身分の低い、弱い女性として登場するのが印象的である。彼女は要するに無名の存在なのである。彼女は身分が低い、しかし「王」の血筋を引いている。このことは、彼女の潜在的な価値を象徴しているのだろう。何も知らない彼女は、男性たちの、そして運命の意のままに押し流されるように見えながら、その経験を通じて成長する潜在力をもっている。彼女は身投げを決意するまで、ほとんど自分の意志をもっていないように見える。薫に会えば薫に惹かれ、匂宮が現われるとそれに従ってしまう。彼女は、匂宮の一途に恋い焦がれる姿に接すると、心がそちらに傾くのだが、薫の慎重で立派な人柄に接すると、こちらにも心惹かれるのだ。

これまでに示してきた図に即して図示すると、浮舟の男性との関係は図6のようにな

図6　浮舟と男性

るだろう。中心にあった光源氏は二人の男性に分離し、薫との関係では「妻」を、匂宮との関係では「娼」を、浮舟は経験する(薫には正式の妻が既にいるが、浮舟の体験の内容から言えば、それを「妻」と考えていいであろう)。

妻と娼の体験に悩むといえば、浮舟には先駆者があった。藤壺と女三の宮である。藤壺は帝と源氏の間、女三の宮は源氏と柏木との間でそれを経験する。しかし、彼女たちは二人の男性に共に惹かれているのではなかった。その点で浮舟の経験は重く深い。このために、彼女は彼女の先駆者たちの歩んだ、出家という道よりももっと烈しい道、「死」を選ぶことになる。自死も一種の出家である。出家はもちろん象徴的な死の体験であるが、それが習俗化してくると、象徴的意味は軽んじられてくる。そんなわけで、浮舟は「出家」するとしても、自分の身体を賭けた死を体験しなくてはならなかった。

女性のイニシエーションとしての、このような死の体験の重要性については、シルヴィア・B・ペレラ著『神話にみる女性のイニシエーション』(杉岡津岐子他訳、創元社、一九九八年)を参照されたい。

両立し難いものを両立させるイメージを創出し、異次元の高さを表現することは、人類がそれぞれの文化のなかで成し遂げてきたことである。キリスト教文化圏では、娘と母の両立(性的体験なしでの)するイメージとして聖母マリアをもった。これは女性の理想像として強い力をもったが、女性が自分の性を考えるときには、まったく無力な象徴であった。この点についての論議は割愛する。

妻と娼との両立をはかったイメージとして聖娼がある。それは誰をも受け入れ、誰とも交わるが、誰にも従属しない。浮舟が妻と娼との葛藤に悩み、それを超えるためには、聖娼の儀式と同様に、死と再生の体験をする必要があった。再生した彼女は「出家」をすることになるが、それは藤壺や女三の宮の経験した「出家」とは次元を異にしていた。彼女は男性との関係を深く体験し、苦しんだ末に、男性にまったく従属しない女性の生き方を見出したのである。個として生きる(one for herself)道は、もちろん孤独である。しかし、それは関係を切り棄てたあげくの孤独ではなく、関係を深めたあげくに知ったものであり、誰とも関係がないといっても、あるといってもよかった。紫式部は自分の個性化の道を歩む上で、まず光源氏という男性像を設定することによって自分の心のなかの女性像を明らかにし、ついで、匂宮と薫という分裂を共に体験し苦悩する浮舟のイメージを提示した上で、男性によらない個としての彼女のイメージの完成へと向かったのである(図7)。

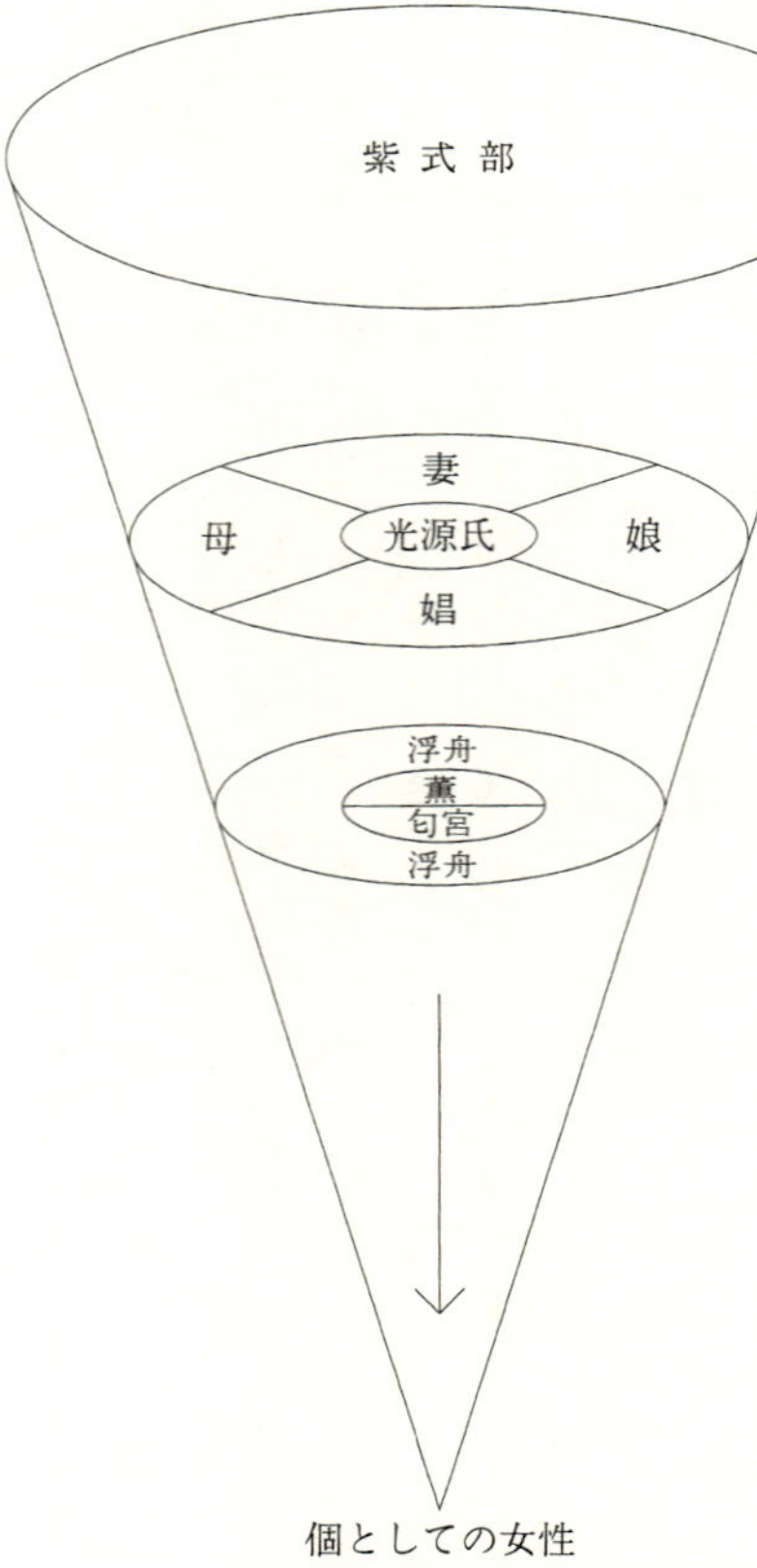

紫式部
妻
母
光源氏
娘
娼
浮舟
薫
匂宮
浮舟
個としての女性

図 7　紫式部の個性化

　彼女の到達した境地が、いかに当時の男性にわかりにくいものであるかを、彼女は二つのエピソードによって端的に示している。横川の僧都は浮舟の相手が薫と知ったとき、彼女に還俗をすすめている。つまり、当時の僧の考える「出家」は、このようなレベルであり、浮舟のレベルを理解できなかったのだ。また、薫は浮舟からの応答がないことを知ったとき、彼女に誰か他の男がいるのではないかと考えている。つまり、当時の男性の考える男女関係は——薫でさえ——こんなレベルであり、浮舟のレベルに達することはできなかった。

紫式部は自分の到達した世界が、当時の男たちには理解不能であることを示して、彼女の長い物語を締めくくっている。

第九章　『浜松中納言物語』と『更級日記』の夢

夢の価値

日本の王朝物語には、夢がよく出てくる。物語によって、その頻度、重要性において異同はあるが、一般的に言って、夢が意味あるものとして取りあげられている。同時代の人々が夢を大切なものとして受けとめていたことを示している。

筆者は心理療法を行う上で、夢を非常に重要な素材として用いている。ここに、現代の深層心理学における夢理論を展開する意図はないが、端的に言えば、夢を、その夢を見た人の無意識の在り方を示すものとして受けとめるのである。夢は世界の多くの文化圏で、古代においては、神の声を伝えるものとして大切にされた。そのような傾向は、ある程度の紆余曲折を経ながらも長く続くが、西洋における啓蒙の時代の出現によって、一挙に逆転させせられる。夢は荒唐無稽なものとして退けられ、夢に意味を見出すのなどは、まったくの迷信と考えられるようになった。

西洋近代の合理精神は科学・技術の発展に見られるような大きい成果をあげ、それは今世紀に頂点に達したかのように思われる。しかし、それと共に精神と肉体、理性と本能(などという考え方自体が問題とも言えるが)などの間に深い分裂が生じ、多くの心の病を生み出すようになった。あるいは、心身症などという、心のこととも体のこととも決めかねる病気が多く生じることになった。このような分裂を癒すためには、西洋近代に確立された自我、その意識の在り方をよく検討し、それを超える道を見出していくことが必要と考えられる。おそらく、次の世紀は、そのことが大きい課題となるであろう。

ポストモダーンの意識の在り方を探る上において、プレモダーンの意識の在り方を再検討することは大いに意義あることと思う。プレモダーンの意識を「不合理」、「非論理的」というように単純に切り棄てるのではなく、深層心理学の用語を用いて言えば、意識と無意識の境界をあいまいにすることによって、むしろ、そこに得られた現実に関する知恵を再評価することが必要である。そこから、単純な逆転を行い、「現代より古代」、「西洋よりも東洋」などというスローガンにとびつくことは危険極まりないことであるが、前記の態度で慎重に検討することによって、古い素材から、現代に生きる上での示唆を得られるであろう。

以上のような観点に立つならば、西洋近代において一度拒否された、夢の価値を、あらたな角度から見直す意義が感じられる。筆者はこのような考えに立って、現代人の夢を臨床の実際にも用い、研究してきている。その方法によって、日本の王朝物語に語られる多くの夢を研究することもまた、意義なしとはしないであろう。

既に筆者は、日本の中世説話や王朝物語のなかの夢、あるいは中世の禅僧、明恵の『夢記』などを取りあげ、国内外において発表してきた(拙著『明恵 夢を生きる』京都松柏社、一九八七年〔講談社+α文庫、一九九五年〕。Hayao Kawai, translated and edited by Mark Unno, *The Buddhist Priest Myoe A Life of Dreams*, The Lapis Press, 1992)。本論もその一貫として、一九九五年にスイスのアスコナにおいて行われたエラノス会議に発表したもの(Hayao Kawai, "Tales of Meaning: Dreams in Japanese Medieval Literature", in Eranos Conference, 1995：河合俊雄訳『日本人の心を解く――夢・神話・物語の深層へ』岩波現代全書、二〇一三年、所収)を骨子として、より詳細な資料を付して論じるものである。

ここに、特に『浜松中納言物語』と『更級日記』(以下の引用は共に日本古典文学大系、岩波書店、による)を取りあげたのは、両作品共に夢を多く取りあげているのみならず、これは菅原孝標女(すがわらたかすえのむすめ)という同一人物によって書かれたという、専門家の意見が多いからである。後者の点についての文献学的考察は専門家に譲るとして、ともかく、両者の夢、およびそれに対する作者の態度の特徴などについて考察してみたい。それに一方は「物語」であるのに対して、他方は「日記」であるという事実も興味深い。一応、この「日記」はフィクションではないことを前提としてではあるが、「物語」と「日記」の夢を比較してみることは興味深いことである。そして『浜松中納言物語』と『更級日記』は、これまでの国文学者の研究によって、作者は同一人物であるという結論にほぼ固まっているようだが、両者における、夢に対する著者の態度を比較検討することによって、著者が同一かどうかという問題に対しても、間接的ではあるが、発言できることになるであろう。

『浜松中納言物語』の夢

『浜松中納言物語』のごく簡単な筋立てを述べながら、そのなかに語られる夢を紹介する。この物語は夢と共に進むようなもので、夢を抜きにしては物語を紹介できないと言ってもいいだろう。

この物語は五巻より成るが、巻一の前に「佚亡首巻」のあることが、その後の研究によって明らかにされている。主人公の中納言は父を失い、母と暮らしている。母のもとに通う大将の愛娘の大君と中納言は通じ合う仲となる。中納言の夢に亡父が現われ、「唐の第三王子として転生している」と告げる(夢1)。この夢を信じた中納言は、母や大君を振り切って唐に渡る。

これが「佚亡首巻」に語られることであるが、冒頭から、「転生」とか「夢のお告げ」

というテーマが現われるのが特徴的である。

巻一では中納言が渡唐、めでたく父親（と言っても、子どもだが）に会う。そして、その子の母、唐后（河陽県の后）を垣間見て一目ぼれしてしまう。ところで、唐后の父はかつて日本に渡り、そこで日本の女（後に吉野の尼君と呼ばれて巻二に登場）との間に一女を儲けた。それが唐后である。彼は中国に帰るとき、娘を連れて帰るかどうか迷った。そこで「海の龍王」に多くのことを願った夢を見る。夢のなかで、龍王は「はやくい(ゐ)てわたれ。これはかの国の后なれば、たい(ひ)らかに渡りなん」と言う（夢2）。彼はこの夢に従って娘を連れて帰唐し、娘は夢告のとおり、唐后となった。

中納言は唐后に恋するが、日本にいる大君を忘れていたわけではない。その大君が突然、彼の夢に現われ、泣きながら、「誰により涙の海に身を沈めしほるゝあまとなりぬとか知る」と言う（夢3）。中納言は、この夢を見たときには思いつかなかったが、この歌の「あま（海女）」は、尼にも通じるわけで、このとき大君は剃髪して尼となっており、重要な事実を告げる夢であった。

中納言の唐后への想いは深くなるばかり。そうとは知らぬ唐の一の大臣がその娘、五の君を中納言と一夜を過ごすよう計らうが、中納言は礼をつくしながら手も触れない。ひたすら河陽県の后に会いたいと思って、ある寺に参詣したときも、そのことのみを念ずると、夢にその寺の僧らしいのが現われ、「今一めよそにやはみんこの世にはさすがに深き中のちぎりぞ」と言う(夢4)。

その後、中納言はまったく偶然に物忌に来ていた后と、后とは知らずに結ばれる。後になって彼女が后であったことを知る。しかも、そのときに彼女は懐妊し若君を生む。このときになって、中納言は夢の告げる宿縁に思い至る。

在唐三年後に中納言は帰国することになる。彼は自分の子とは対面できたが、河陽県の后とは会うことができず、帰国の気持さえ定まらなかった。このとき母親が夢に現われ、帰国を待つ心を語る(夢5)。中納言は帰国に際し、自分の子を連れて帰りたいと欲するが、若君の母親、河陽県の后はどうするべきか迷う。そのとき夢に現われた人が、「これはこの世の人にてあるべからず。日本のかためなり。たゞ疾くわたし給へ」と言う(夢6)。これによって后は若君を中納言に託すことに決める。

巻二では、中納言は帰国、大君が尼になったことを知る。京に帰り尼大君と、その娘に対面する。河陽県の后より託された文箱を見て、彼女の母親の切々たる情を知る。中納言は吉野にいる唐后の母の尼を訪ねることにする。この巻には夢はない。

巻三において、中納言は吉野の尼君を訪ねる。河陽県の后からの文箱を持っていくが、吉野の尼君は、その日の暁に既に夢で「もろこしの后の見え給へりければ、片つ方の心にはおぼしやりつゝをこなひ暮し給けるに、かゝる事などうちきゝつけ給へる心ち、夢か何ぞと胸つぶれて」ということになる(夢7)。

吉野の尼君は、その娘(唐后の異父妹)と暮らしており、その姫君の行末のみを案じて、三年にわたって祈願していると、「いとたうとげなる僧」が夢に現われて、

もろこしの后の、よるひるわが親のおはすらんありさまを、えきゝ知らぬ悲しさをなげき給ひて、いかでかおはすらんありさまを聞かんと、明暮なげき仏を念じ給孝の心いみじくあはれなれど、異世界の人になりて、わかれてのち、この思ひかなふべうもあらねば、この世の人に縁を結びて、深き心をしめさせて、物思ひの切なるゆへに、あつかはせんとはうべんし給へるに、こゝに又このむすめのたづきを見をきて、心やすく後生いのらんとおもひたまふ心の一つにゆきあひて、この姫君のたづきも、この人なるべきぞ

と言う。そこで「われを助けんとて、仏の変じたまへる人にこそあんなれ」と思い、拝んだ(夢8)。また実際に、中納言も姫君の世話を約束するので、尼君は夢のお告げを有難く思う。中納言も姫君に対して心を寄せる。

他方、中納言は尼大君に対して清浄な交わりを誓いながらも、気持が押さえられず添臥しをしたりする。彼女は罪を恐れて別居を願うが、中納言は屋敷内に尼大君のための住居をつくる。

巻四で、中納言は「吉野の山の入道の宮の御事の、うちしきり夢に見えて」(夢9)、吉野をあわてて訪ねる。尼君は病のために死亡する。尼君が死んで後、中納言は吉野の姫君を京都に引き取る。

中納言は唐后のことをしきりに想っていると、正月十余日頃から「かうやうくゐんの后、つゆもまどろめば、いみじうなやみわづらひ給(たまふ)とのみ」夢に見てうなされる(夢10)。それでますます唐后のことが案じられてくる。三月十六日、中納言は吉野の姫と月を眺め、唐后と一夜の契りを交わしたのは今宵であったと思い、琴を弾く。夜更けになって寝覚に月を見ていると、空にあらん限りの声がして、「かうやうくゐんの后、今ぞこの世の縁(えん)尽きて、天にむまれたまひぬる」と言う。はっきり三度も声が聞こえ、傍らにいた若君も脅えて泣き出すほどであった(幻聴体験)。これが事実であったことは、翌年に唐の宰相からの便りによって確かめられた。

中納言は吉野の姫を京都に迎えるが、姫が二十歳になるまでに契ると不幸になる、との戒めを老僧から受けて、それを守る。姫は病気になり、恢復が思わしくないので清水寺に参籠する。このとき、かねてより姫を狙っていた好色な式部卿宮は彼女を盗み出す好機であると思う。

巻五において、中納言は吉野の姫が清水寺で失踪したことを知らされ、驚き悲しむ。姫の行方の知れぬまま悲嘆にくれている中納言は、「せめていさゝかまどろめば、(姫が）あるかなきかのさまにいみじう泣き歎（なげき）て、かたはらにものし給（たまふ）とのみ見えおぼゆる」（夢11）ので、姫が自分のことを想っていてくれるのだとわかる。しかし、助ける方法もない。そのうちに中納言の夢に、河陽県の后が、彼が最初に垣間見たときの姿で現われ、

> 身をかへても一つ世にあらん事いのり思（おぼ）す心にひかれて、今しばしありぬべかりし命つきて、天にしばしありつれど、我もふかくあはれと思ひ聞えしかば、かうおぼし歎くめる人の御はらになんやどりぬる也（なり）。薬王品（やくわうぼん）をいみじうたもちたりしかども、我も人も浅からぬあひ（い）なき思ひにひかれて、猶（なほ）女の身となん生（む）まるべき

と言う（夢12）。

中納言は、唐后がこの世に再生してくること、しかも吉野の姫の子となることを知り、嬉しく思うが、他方、これは姫がすでに懐妊していることを意味すると知り、悲しく思う。

一方、吉野の姫は式部卿宮にかくまわれて悲しい日を送っているが、「はつかにまどろむともなく、消えいる時には、かたはらに中納言のおはする心ちのするを、うつゝかと目をあけたれば、それにはあらぬ人の、泣く〳〵添（そ）ひ臥（ふ）し給へるも、はてには夢かうつゝかともおぼえず」という状態になる（夢13）。これは文中にもあるように、夢か幻覚

体験かわからないようだが、一応、「夢」ということにしておく。

姫の衰弱があまりに著しいので式部卿宮は彼女を中納言に返し、そこに通ってくる。中納言は姫を自邸に引き取り、自分の母や尼大君とも対面させる。それにしても、結局は、姫と添うことのできぬ宿世を嘆く、というところで話は終わる。

以上、『浜松中納言物語』のごく簡単な筋を述べながら、そこに示されている夢をすべて紹介した。もっとも、はっきりと幻聴として表現されているものや、幻覚か夢か定かでないものもあるが、すべて、それにかかわる臨床の実際においても、同様の態度によっているわけである。あまり細かい分類をしてみても意味がないだろう。

『更級日記』の夢

『浜松中納言物語』の夢をすべて紹介したが、同様に『更級日記』に語られる夢をすべて、ここに示すことにする。これによって両者の比較が容易になるであろう。『更級日記』は菅原孝標女によって書かれ、彼女が十二、三歳の頃、上総国にいたときから、夫と死別した一、二年後まで、約四十年余りの期間の彼女の生活について述べられる。しかし、それはいわゆる「日記」ではなく、晩年になって彼女の到達した、ひとつの観点から自分の生涯を回想して書かれたものと言われている。ここに、『更級日記』の筋に沿いながら、それに記されている彼女の夢を紹介していくことにする。

作者は父親の任地である上総国で育つが、継母や姉の話を聞いて、物語というものに心惹かれ、なんとかしてそれを読みたいと思う。等身大の薬師如来像を造り、それに対して、早く京都に行って物語をたくさん見られるように、と祈ったりする。十三歳のとき、父親の任期が終わり上京することになった。途中の旅の描写があるが、それは省略する。継母が父親との折り合いがよくなく去っていったり、乳母と死別したりする。しかし、伯母から念願の『源氏物語』を貰い、それに熱中する。そのときに夢を見る。「夢にいと清げなる僧の、黄(き)なる地(ぢ)の袈裟(けさ)着(き)たるが来て、「法華経五巻(ほけきやうごのまき)をとくならへ」といふと見れど、人にも語らず、ならはむとも思(ひ)かけず、物語(がたり)の事をのみ心にしめて」いるという有様であった(夢1)。

この夢に出てくる「法華経五巻」というのは、そこに女性も成仏し得ることが説かれているという点で、おそらく、当時の上流階級の女性にはよく知られていたものと思われる。仏教では、一般に女性は成仏できないと考えられており、それをそのまま信じている人も多かったが、それに対して「法華経五巻」は女性の成仏を説く点で特異なものであった。

続いて作者が十五歳の頃、相変わらず物語に傾倒していたとき、次のような夢を見る。

　このごろ皇太后宮(くわうたいごうぐう)の一品(いっぽん)の宮の御料(ごれう)に、六角堂に遣水(やり)をなむ作るといふ人あるを、「そはいかに」と問へば、「天照(あまてる)御神を念(ねむ)じませ」といふ(夢2)

このときも、夢を人に話すこともなく、なんとも思わず、そのままになってしまった。

同じく作者十五歳の頃。花の散る季節に亡くなった侍従大納言の姫君の筆跡を繰り返し見て悲しい思いをしていた。五月頃、どこからともなく猫が迷いこんでくる。かわいいので姉と二人でひそかに飼うことにする。猫は二人になつくが、姉が病気になったので、猫を使用人たちのいる「北面」の部屋にばかりいさせておいた。すると病気の姉が目を覚まし、猫をこちらに連れてくるようにと言う。それは姉が次のような夢を見たからだと言う。

　夢にこの猫(ねこ)の傍(かたはら)に来て、「を(お)のれは、じゞう(侍従)の大納言殿の御(み)女(むすめ)のかくなりたるなり。さるべき縁(えん)のいさゝかありて、この中の君(きみ)のすゞろにあはれと思(ひ)いで給(たま)へば、たゞしばしこゝにあるを、このごろ下衆の中にありて、いみじうわびしきこと」といひて、いみじうなく様(さま)はあてにおかし(を)げなる人と見えて、うち驚きたれば、この猫の声にてありつるが、いみじくあはれなる也(なり)(夢3)

これを聞いて、猫を、それ以後は使用人の部屋に行かせず大切にした。猫に対して、「侍従大納言の姫君のおはするな。大納言殿に知らせ奉らばや」と言うと、自分の顔を見て柔らかな声でなくので、普通の猫とは思われない。これは、輪廻転生がテーマになっている夢である。作者ではなく、作者の姉の見た夢であるが。

作者二十六―二十九歳の頃、父親は常陸に赴任する。その間に作者は清水寺に参籠するが、あまり身を入れてできないと思っているうちに、うとうとと眠り、夢を見た。

御帳の方のいぬふせぎの内に、あおきをり物の衣を着て、錦を頭にもかづき、足にも履いたる僧の、別当とおぼしきが寄り来て、「行くさきのあはれならむも知らず、さもよしなし事をのみ」と、うちむづかりて、み帳の内に入りぬ(夢4)

「来世が大事であることも知らずに、つまらないことばかり考えて」と、僧が忠告したのであるが、このときも、作者はあまり心にとめなかった。

同じ頃、作者の母が一尺の鏡を鋳造させて、自分たちの代わりに僧を使者として、初瀬に詣らせ、三日間参籠して娘(作者)の将来についての夢告を得るようにする。僧は帰ってきて次のような夢を報告する。

御帳(みちやう)の方(かた)より、いみじう気高う清げにおはする女の、うるわ(は)しくさうぞき(装束)給へるが、奉(たてまつ)りし鏡(かゞみ)をひきさげて、「この鏡には、文や添ひたりし」と問ひ給へば、かしこまりて、「文もさぶらはざりき。この鏡をなむたつ(て)まつれと侍(り)し」と答へ奉れば、「あやしかりける事かな、文添ふべきものを」とて、「この鏡を、こなたに写れる影を見よ、これ見ればあはれに悲しきぞ」とて、さめ〴〵となき給(ふ)を見れば、ふしまろび泣き歎(なげ)きたる影写れり。「この影を見れば、いみじう悲しな。これ見よ」とて、いま片つ方に写れる影を見せ給へば、御簾(みす)どもあお(を)やかに、木長(几帳)(お)をし出でたる下(した)より、いろ〳〵の衣(きぬ)こぼれ出で、梅桜(さくら)咲きたるに、鶯(うぐいす)木伝(づた)ひ鳴きたるを見せて、「これを見るはうれしな」と、　の給(ふ)となむ見えし(夢5)

当時、初瀬に参籠して夢告を待つことや、それに代人を立てること、などの風習があったことがよくわかる。参籠して夢を待ち、それによって病が癒されるという風習は、古代ギリシャに広く行われた。力動精神医学の歴史を詳細に調べたエレンベルガーは、「〝本当の夢〟とは非常に特殊な夢のことで、夢自体の中で治癒が成就する夢である」と述べている(アンリ・エレンベルガー著、木村敏・中井久夫監訳『無意識の発見』上、弘文堂、一九八〇年)。この夢についても作者はさして気にとめなかった。しかし、晩年になって、夫が死亡したとき、この鏡の夢の悲しい姿だけが現実になってしまった、と嘆く。

作者は三十二歳のときに、人にすすめられて宮仕えに出る。その頃に、自分の「前世」についての夢を見る。それについて、作者は「ひじりなどすら、前の世のこと夢に見るは、いとかたかなるを」という書き出しで、次のように記している。

清水の礼堂にゐたれば、別当とおぼしき人いで来て、「そこは前の生に、この御寺の僧にてなむありし。仏師にて、仏をいとおほく造りたてまつりし功徳によりて、ありしすざうまさりて、人と生まれたるなり。この御堂の東におはする丈六の仏は、そこの造りたりし也。箔をしさしてなくなりにしぞ」と。「あないみじ。さは、あれに箔をし奉らむ」といへば、「なくなりにしかば、異人箔をし奉りて、異人供養もしてし」と(夢6)

せっかく前世の夢を見たが、作者はその後、清水寺に熱心に詣ることもせず、もしそうしておればよかったのに、と晩年には残念に思ったことをつけ加えている。

作者は宮仕えをやめ結婚する。その後は家庭の雑事に追われ、物語のことも忘れるほどになる。三十八歳のとき、後生を祈って石山に参籠し、夢を見る。少しまどろんだ間に、「中堂より御香給はりぬ。とくかしこへ告げよといふ人あるに、うち驚きたれば、夢なりけりと思ふ」(夢7)。このとき作者は、よい夢なのだろうと思った、とのこと。

ただ、それ以上のことは何も述べられていない。

三十九歳のとき、初瀬に詣る。このときは大嘗会の御禊の行われる日で、京都はにぎわっているときに逆行して、お寺詣りに出発する。これに対して賛否両論の意見が人々によって述べられるのを、作者はよく記述している。初瀬詣りの途中に泊った寺で夢を見た。


いみじくやむごとなく清らなる女のおはするにまい(ゐ)りたれば、風いみじう吹く。見つけて、うち笑(ゑ)みて、「なにしにおはしつるぞ」と問ひ給へば、「いかでかはまい(ゐ)らざらむ」と申せば、「そこは内にこそあらむとすれ。博士(はかせ)の命婦をこそよくかたらはめ」とのたまふ(夢8)

この後、初瀬に三日間参籠して、暁に退出しようという前の夜、ふと眠ったときに夢を見た。「御堂(みだう)の方より、「すは、稲荷(いなり)より賜(たま)はるしるしの杉(すぎ)よ」とて物を投げ出づるやうにする」(夢9)。

四十歳を過ぎ、昔の宮仕えの頃を思い出し、その頃、親しく話し合った人が筑前にいるのを恋しく思いつつ寝入ってしまったときに夢を見た。「宮にまい(ゐ)りあひて、うつゝにありしやうにてありと見て、うちおどろきたれば」。目が覚めると、月は西の山の端に近くなってしまっている。そこで歌を詠んだ(夢10)。

夢さめてねざめの床の浮く許こひきとつげよ西へゆく月

次に、最後の夢は作者にとっても非常に大切な夢で、それを紹介する。これは作者四十八歳のときで、この夢のみは、天喜三年十月三日と日付が付してある。

ゐたる所の屋のつまの庭に、阿弥陀仏たち給へり。さだかには見え給はず、霧ひとへ隔たれるやうに、透きて見え給(ふ)を、せめて絶え間に見たてまつれば、蓮花の座の、土をあがりたる高さ三四尺、仏の御丈六尺ばかりにて、金色に光り輝やき給(ひ)て、御手かたつかたをばひろげたるように、いま片つかたには、印をつくり給(ひ)たるを、異人の目には見つけ奉らず、我一人見たてまつるに、さすがにいみじく、け恐ろしければ、簾のもと近く寄りても、え見奉らねば、仏、「さは、この度は帰りて、後に迎へに来む」とのたまふ声、わが耳一つに聞えて、人はえ聞きつけずと見るに、うち驚きたれば、十四日也。この夢許ぞ、後の頼みとしける。(夢11)

文中に示されているように、作者は、この夢を非常に大切に受けとめている。そして注目すべきことは、この夢の記録を、それより三年前に生じた夫の死の記述の次に載せていることである。まったく思いがけない夫の死を悲しむ文の後に、わざわざこれをもってきているのは、この夢が作者の晩年の境地を支えるものであり、そのような人生観の上に立って、この『更級日記』が書かれたことを示していると思われる。この夢は何の解釈も不要で、そのままが、重い意味をもっている。

夢と現実

『浜松中納言物語』と『更級日記』に語られる夢をすべて紹介した。特に前者の場合、幻覚体験などで夢と明確に区別し難いものもあるが、同じ性格を有するものとして扱うことにした。

これらすべての夢について考える上で、まず夢と現実との区別、その関係ということが問題となる。『浜松中納言物語』を読んでいて、非常に特徴的なのは、夢を見ているときの描写に「夢」という語が、むしろ、あまり使用されないことである。たとえば、先に夢3としてあげておいた中納言の夢のところの原文を見てみると、中納言が河陽県の后のことを想い、また日本に残してきた大君とは、それほど似ていないなどと思っているところで、「大将殿姫君(大君)、いみじく物思へるさまにながめおぼし入りたるかたはらに寄りて、……」という具合に文が展開するので、ぼんやり読んでいたら、急に大君が実際現われたのか、と思ってしまう。それに続いて大君の歌があり、中納言も「われとほろ〳〵と泣くと思ふに、涙におぼゝれて、うちおどろきぬるなごり、身に添へる心地して……」と続く。この「うちおどろきぬ」は「ふと目が覚める」、「びっくりする」の両義があり、この際は前者で、ここにきて中納言が夢を見ていたことがわかるのだが、後者の意にとって読んでいると、夢だったことがわからずに、実際に大君が現われたのだと思ってしまうかも知れない。現実と夢との境界が実に薄く、両者が入り雑じるような感じで描写される。

これについて、『浜松中納言物語』の英訳者、トーマス・ローリックは、これを物語のひとつの「話法」と考え、「夢が話の流れのなかに混入してくる、この話法は、この著者にとって夢と現実の世界は、われわれ(近代欧米人：訳注)が期待するように明確に区別される世界ではないことのひとつの指標である」と述べている(*A Tale of Eleventh Century Japan: Hamamatsu Chunagon Monogatari*, Introduction and Translation by T. Rohlich, Princeton University Press, Princeton, 1983)。

これと逆の関係とも言えるが、現実の出来事が「夢」として語られることもある。最もよく『浜松中納言物語』に出てくるのは、主人公の中納言が思いがけず河陽県の后と一夜を共にしたことを、「春の夜の夢」として記述されることである。

現実に生じたことが「夢」として語られ、夢を見るとき、「夢」という語が用いられない。これは『浜松中納言物語』にしばしば用いられる方法である。これに反して、『更級日記』では、夢を見たときには、「夢」という語がほとんどすべて用いられている。このことは、作者が「物語」の話法として、上述のようなことを意識的に用いたのではないかと思われる。

　ところで、現実と夢との境界が薄い、という表現をしたが、これは何を意味しているのだろう。これは、当時の人たちが夢と現実とを区別できず、両者をまったく同じことと思っていたことを意味するのだろうか。けっしてそんなことはない。夢と現実の境界が薄いというのは、両者共に同等の重みをもって受けとめられた、あるいは、むしろ夢の方が重く受けとめられることさえあった、ことを意味しているが、両者が混同されることはない。この点をよく注意しておかないと、現代人は夢と現実を明確に区別しているのに、平安時代の人はそれさえできないような低い(あるいは未熟な)思考力とか意識をもっていたように誤解してしまうからである。

　むしろ、西洋近代の啓蒙主義以後、近代人は昔からあった夢の意義を見出す態度を見失ってしまった点を反省すべきだと思われる。夢は、すなわち「非現実」とか「無意味」と断定してしまうことは、近代人一般の犯す誤りである。この点をよくわきまえて、王朝物語を読むことが必要である。

『浜松中納言物語』の夢を見ると、それらが外的現実と極めて密接に関連していることがわかる。中納言は唐にいて、夢によって大君の出家を知る(もっとも、このときは明確に知ったのではなかったが)。あるいは、京都にいて、吉野の尼君の病気を知り、唐にいる河陽県の后の死を知る。こんな馬鹿なことはない、と言う人もあろうが、筆者のように夢分析の仕事をしていると、このような現象が起こることを実際に体験する。「なぜか」と問われた場合、現在われわれのもっている自然科学の知識体系によっては説明できない。ここで、無理な説明をすると偽科学になる。さりとて、現在の知識体系で説明できないから、そんな現象はないと断定するのも非科学的である。ともかく、このような現象のあることを、説明抜きで認めねばならない。

『浜松中納言物語』においては、夢は現実を知らせるよりも、もっと重く、それは将来を予見し、その予見によって命令を与えてくるほどの重みをもっている(夢2、夢6)。こうなってくると、「夢のお告げ」を信じるなどは、まったくの迷信である。たとえば、夢で「人を殺せ」と命令されたら殺人をするのか、ということになるだろう。

これに対しても、現代人が外的現実に対するのと同様と考えるとよいだろう。われわれも他人から忠告されたり、時には命令されたりする。しかし、最終決定は自分の判断によっている。この際、他からのはたらきかけにどの程度身をまかせるか、自と他の距離をどの程度とるかが問題となる。王朝時代の人々が夢に対して相当な信頼をおいていたことは事実であるが、まったく同調していたわけでもない。その距離の取り方は、むしろ『更級日記』の方に見られると言っていいだろう。

王朝時代の人が夢に対して、ある程度の距離をもちつつ尊重していたことは、彼らが弁解するときに、「見ていない夢」を「夢」としてうまく使っている態度に示される。このことは、既に『とりかへばや物語』について論じたときに述べている(拙著『とりかへばや、男と女』新潮社、一九九一年〔新潮選書、二〇〇八年〕)ので省略するが、『浜松中納言物語』のなかにも、このような夢による弁解が認められる。夢が弁解の理由になるという点で、それは外的現実と同等の重みをもつことを示し、「嘘」の夢を意図的に使用する点で、彼らが夢に対しても適当な距離をもっていたことを示す、と考えられる。夢は必ずしも彼らにとって「絶対」ではなかった。

次に『更級日記』の夢を見てみよう。これを一見すると、むしろ『浜松中納言物語』の逆の傾向を示していると言える。つまり、作者の見た夢は、ほとんどすべて外的現実とかかわりをもたず、時に「夢解き」をしてもらっても、それも役に立たない。最後の夢を除くと、ただひとつだけ、思い当たるとすると、夢5において、僧が悲喜両面の夢を報告したが、そのうちの悲しい方のみが、夫の急死に際して思い出されるくらいのものである。

このような点に注目すると、果たして『浜松中納言物語』と『更級日記』は同一の作者によって書かれたものと考えられるのか、疑問を抱いてしまう。どちらも多くの夢を取りあげている点では同様だが、その内容がまったく異なる。池田利夫も指摘しているとおり、「浜松では夢解きが一度も行われていない。それを必要としない程夢の内容が明白だから」(池田利夫『更級日記 浜松中納言物語攷』武蔵野書院、一九八九年)ということなのに対して、『更級日記』の夢は、意味もわかりにくく、夢解きをしてもらっても、それは外的現実と結びついてこない。

ところが、『更級日記』において注目すべきは、最後の夢である。夢11は、本人も「この夢許(ばかり)ぞ、後の頼みとしける」と述べている。金色に光り輝く阿弥陀仏が現われ、しかも、それは本人にのみ見えるし、その声も他人には聞えないという状況のなかで、阿弥陀仏が、今回はこれで帰るが、また後で迎えに来ることを約束してくれる。この夢を作者は、まさに「現実」と受けとめて有難く思っている。当時の人々にとっては、死後に涅槃に生まれ変わることは、最大の願いだったから、これは作者にとって、またとない大切な夢であった。『更級日記』の作者が夢によって知り得た「現実」は内的現実と言っていいかも知れない。それは『浜松中納言物語』の夢が関連する現実、私的現実とはレベルの異なるものである。

夢体験と物語

『更級日記』の夢は、一見、『浜松中納言物語』の夢と著しく性格を異にしているように見えたが、前者の最後に語られる夢は、むしろ、後者に語られる夢のように、「現実」との関連が深いものと思われた。

ここで、『更級日記』の作者の作品に対する態度を考えてみると、すでに国文研究者の論じているように、現在、われわれが考えるような「日記」ではなく、晩年になって作者が自分の生涯を振り返って書こうとしたものである。とすると、夢11は、この全作品のなかで非常に重要な位置を占めていることがわかる。つまり、ここを作者の立脚点として、それによって作品の全体の構成を考えたのではないか、と考えられる。

夢は時に、夢11に示されるように、人生において非常に決定的な役割をもっている。そして、作者がそれによって得たことは、死後の平安の確信である。そのような立脚地から、自分の人生全般を見ることが必要と思われるが、孝標女にしてみれば、自分は若いときから、相当に大切な夢を見ていたが、それに対して、もうひとつ本気でかかわってこなかった。そのなかでも、今記憶しているのを記してみると、夢1から夢10までになる、という態度で『更級日記』を書いたのでは、というように、この夢のシリーズを読みとることはできないだろうか。もっと突っこんで考えると、作者は、もともと夢の重要性については相当認識していたのではないかと思われる。なぜかと言えば、さもなければ、五十歳近くの晩年になって、十四歳や十五歳に見た夢を覚えていて報告することなどできるであろうか。その他の夢にしても相当詳細に記憶している。これは、あるいは記録を残していたのではないかと思うほどである。西下經一による「解説」には『更級日記』に関して、「上京の時の紀行は、地理の前後している所が多いから、メモがあったのではなく、全くの記憶であろう」と述べている(『更級日記』前掲書)。これらの夢もすべて記憶とするなら、作者が夢を非常に大切と考えていたことを示すものであろう。このようにして夢を大切に考えてきたので、とうとう晩年になって夢11の心境に達することができた、と考えてみてはどうであろうか。

そこで、彼女が全体の構成を考える際に、夢11の意義を強調しようとして、これほど夢は重要であるのに、自分はその本当のところがわからずにきたのだ、という方を、特に強く述べようとする。したがって、十四歳のときに「法華経五巻をとくならへ」などという夢を見ること自体、仏教にも夢にも、相当な関心をもっていることを示しているのだが、彼女はむしろ最後の到達点に比して、自分はこれを気にもとめずにきて残念だった、というような、裏側からものを言う表現法をとったのではないかと思われる。これと同じような表現法は、夢4、夢6、夢9などの場合にも認められる。

このような夢によって自分の信仰の深いことや、夢を重要と考えていることを、読者に押しつけるようなもの言いをするよりも、自分の例を否定的に示す方がいい、と作者は考えたのではなかろうか。したがって、一見すると、夢と現実との齟齬を嘆いてばかりいるようだが、結局のところは、作者が言いたいのは、夢体験の重要性ということと思われる。『更級日記』の夢を丹念に調べた池田利夫も「夢は彼女にとって信仰であったと言って良い」と結論づけている(前掲書)。

このような夢体験をもち、それを「日記」としてではなく「物語」として語るとなると、どうなるであろうか。「物語る」ことの意味については、既に他に論じた(拙著『物語と人間の科学』岩波書店、一九九三年〔『こころの最終講義』新潮文庫、二〇一三年〕)ので、ここではごく簡単に述べる。

外的な現実を他人に伝えるためには、その事実を記述することが必要である。正確な記述によって、それは他に伝わるであろう。ところが、内的体験を他人に伝えるためには、「物語る」ことが必要になる。非常に単純な例として、釣りで思いがけない大きい魚を釣ったとき、その事実のみを伝えるのなら、魚の体長や重さなどを記述するだけでいい。しかし、それを釣ったときの「感激」を伝えるためには、「物語る」必要がある。両手を広げて示す魚の大きさは、必ずしも、魚の大きさと確実に一致している必要はない。かくて、多くの釣りの「物語」が生み出される。

あるいは、自分の体験したことでも、それを自分の心のなかに「収める」ためには、物語が必要である。地震を体験したとき、それをただ、黙って自分の心のなかに入れこむことは非常に難しい。それを他人に「物語る」ことによって、自分のものになったり、心に収まってくる。

このように考えてくると、孝標女が『更級日記』に述べている、夢11のような体験を人に伝えようとして「物語る」とき、それは『浜松中納言物語』のようになる、という推察が成立する。つまり、人間にとって夢がいかに大切であり、それが、どれほど人間の生涯の流れに影響を与えるか、このようなことを人に伝えるためには、『浜松中納言物語』のような物語が必要になってくるのである。この物語では、その筋道はすべて夢によって動かされている、と言っても過言ではない。このような考えに立つと、『更級日記』と『浜松中納言物語』の作者が同一人物であるとするのに、あまり矛盾を感じないのである。

夢体験そのものがすなわち、その人にとっての「物語」である、との見方も可能である。たとえば、『更級日記』の夢3においては、姉の夢ではあるが、自分たちの飼っている猫が亡くなった侍従大納言の娘の生まれ変わりということになる。この夢物語を信じることによって、夢を見た人と猫、および死者(大納言の娘)がぐっと近くなる。つまり、事実を事実として記述する自然科学的方法は、人間と関係なく事実を語るのに適しているが、物語は、その逆に「関係づける」作用をもっている。それは物語を語る人、聞く人にとって、自分と他人、人間と動物や物、生者と死者、自分の心のなかの意識と無意識などを関係づけるのである。そのように、縦横無尽に張りめぐらせたネットワークのなかに自分を位置づけることにより、人間は安心して生き、安心して死ぬことができる。

夢6の転生の夢も、同様の考えによって理解することができる。自分の前世のことがわかることなど、まったくナンセンスと言うこともできる。あるいは、たとい、わかっても何の意味があるのか、とも言える。この世の外的事実にのみ心を奪われている限りそうである。しかし、この世に一回限りの生を享け、そしてただ死んでいくしかないと自覚しはじめたら、いったい自分はなぜ生きているのか、どこから来てどこに行くのか、などという根源的な問いに直面させられる。このようなとき、自分の前世の「物語」を知ることは、相当な重みをもって感じられる。このような観点に立って、現代のアメリカで、「リインカーネーション療法」と称する心理療法が一定の成果をあげている(ブライアン・L・ワイス『前世療法』、第七章参照)、という事実も、ここに述べる価値があるだろう。

作者は、夢6を有難いこととして受けとめている。しかし、それ以後、熱心に清水寺にお詣りすればいいことであっただろうに、そのままになってしまった、と書いている。

これを既に述べたように、謙遜して表現しているともとれるが、夢に対してこれくらいの距離がとれていて、ちょうどよかったのだとも言える。夢3のときも、猫を大納言の娘の生まれ変わりとして、大切にしているが、そうとは言っても、その猫を大納言の家に連れていった、ということも書いていない。つまり、夢を大切に受けとめるということは、多層的な現実を受け入れる、ということである。信ずるか信じないか、真か偽か、などと二者択一を迫る単層の現実に生きるのでは、あまりにも人生が貧困になる。つまり、つまらない夢として棄て去るのも残念だし、自分は、この仏像をつくった仏師の生まれ変わりだから、と清水寺に特別扱いを要求するのも馬鹿げている。多層な現実に身を置くことに意味がある。ただ、そのような知恵を物語として伝えるとなると、輪廻転生がそのままに通じる『浜松中納言物語』の語りになるのである。

ものの流れ

これまで夢を中心に論じてきた二つの作品は、そこに共通する主題として、「ものの流れ」ということを感じさせる。ここに言う「もの」は、現代人の考える心も物質も共に含んでいる。それは人間の実感としては、「意識の流れ」として捉えられるかも知れない。ただ、ここに言う「意識」は夢の体験を含み、西洋の深層心理学者の提示する

「無意識」も含んでいる。人間の意志や意図を超えて、滔々と流れ続ける「もの」の勢い、方向を感じとること、これが大切である。しかし、人間はしばしばそのことを忘れ、この「ものの流れ」に身をまかせるとき、思いがけないことが可能になる。

『更級日記』の最初の方に語られる武蔵国の「たけしば」の伝説が、それを如実に示している。それを要約すると次のようになる。

「たけしば」から朝廷へ衛士として送られた男が、

などや苦しきめを見るらむ、わが国に七(つ)三(つ)つくりすへ(ゑ)たる酒壺(さかつぼ)に、さし渡したるひたえのひさごの、南風ふけば北になびき、北風ふけば南になびき、西ふけば東になびき、東ふけば西になびくを見て、かくてあるよ

とつぶやいているのを、天皇の娘が聞き、それをもう一度、聞きたがる。男がもう一度、申しあげると、娘はすぐに決心して男と共に、男の故郷にまで駈け落ちる。その後の詳細は略するが、天皇も彼らの関係を認め、武蔵国をその男に賜り、最後は、めでたしめでたしで終わる。

これは、なんとも素晴らしい話である。皇女の行為はまったく突飛だが、後はめでたく終わるところが注目すべきところである。この二人の若者の行動は、天皇でさえ止め

ようがなく、それに従うしかないのだ。二人の行動を支える原理は、男のひとり言に端的に示されている。つまり、北風が吹けば南に、南風が吹けば北に、となびかざるを得ない「ひさご」の姿が、それを象徴している。孝標女は、この「ものの流れ」を感じとる能力をもっていた。だからこそ、十三歳の頃に聞いた伝説をよく記憶しており、晩年になったときでも、それを詳しく記載できたのである。

「ものの流れ」と記したことは「もののはたらき」と表現する方がいいかも知れない。流れを継時的にたどるのみではなく、流れの同時的な在り様に注目することも大切なのだ。京都、吉野、唐などと場所は離れていても、そこに同時的に生じることは、大きい「ものの流れ」の一部として生じているのだ。これを全体として把握することが大切である。これら別々の場所に起こることを、ひ、と、つの事象として把握するには、夢の助けが必要である。『浜松中納言物語』の夢について、池田利夫が「この物語は、舞台を京都、唐土、吉野と三転させるので、瞬時に両所を結合しうるのは、まず夢を措いてはなかろう」と述べている(前掲書)のは卓見である。このように考えると、『浜松中納言物語』における共時的な夢は、『更級日記』に示された、前述したような「ものの流れ」の考えを「物語る」際の工夫のひとつとして読みとれる。

「ものの流れ」が読みとれるならば、「たけしば」の男のように、途方もない幸福を得るはずではないだろうか。それにしては『更級日記』の作者は、あまりにも悲しい経験をし、最後は、せっかく夫の仕官を喜んだのも束の間、夫の突然の死によって「をばすて」と作者自身も呼ぶ境地になっている。そして『浜松中納言物語』の主人公も、最後のところは、「たましゐ(ひ)消(き)ゆる心ちして、涙にうきしづみ給(たまひ)けり」となっている。

これはどうしてだろうか。端的に言えば、「人間はひさごではない」ということだろう。ぶらり、とばかりはしていられない。しかし、「ものの流れ」を知ることによって、人間は悲しくも楽しい生活を送れるのではなかろうか。『更級日記』は外的現実の悲しさを書く一方で、歓喜に近い体験をもたらした「阿弥陀仏の夢」を、最後に書き記している。これこそ彼女の見た「鏡の両面の夢」（夢5）そのものではないだろうか。彼女は夢によって来世を約束される幸福を味わう。しかし、人間としての彼女は、やはり「かなしさ」を知る。

『浜松中納言物語』において、作者の上記の体験はどのように物語られているだろうか。それは、物語の最後に述べられる深い悲しみの感情と、しかし、それを補償する事実として——これも夢によって知ったことであるが——彼の愛した河陽県の后が、この世に生まれ変わってくることを、主人公が知っている、ということに示されている。

いずれの作品においても、「かなしさ」の感情が基調をなしているように見えながら、それを補償する「ものの流れ」が、嬉しい事実も用意している、というところが特徴的である。そして、両者共に、その事実が夢によって告げられているところが興味深い。

第十章　物語を仕掛ける悪

『我身にたどる姫君』

鎌倉時代に書かれた『我身にたどる姫君』は、その題名からしても心惹かれるものを感じさせるが、なかなかユニークで興味深い物語である。『とりかへばや物語』のときにも感じたことだが、これらの、それぞれ固有の特性をもっている物語を「擬古」という言葉でひとまとめにするのは、残念な気がする。国文学の立場からすれば、そうなるのかも知れないが、筆者のように物語のもつ意味を考えて読んでいる者にとっては、各物語のもつ個々の特徴の方が強く感じられるのである。

「我身にたどる」というのは、物語の冒頭に登場する姫君の次のような歌から生じた言葉である(今井源衛・春秋会『我身にたどる姫君』全七巻、桜楓社、一九八三年)。

いかにして有りし行方をさぞとだに　我身にたどる契りなりけん

この姫君は音羽山麓に、尼と共に住んでいるのだが、自分の父母が誰かわからない。そこで、このような歌を詠む。孤児や異常な出生の主人公というのは、昔話のお得意のテーマである。そのことは、主人公の系譜が日常的にたどれない、つまり、非日常を強くもっており、「私はいったい何者か」という問いを重く背負っていることを示している。

「私とは何か」。これは現代にも通じる永遠の問いである。それを明らかにすることが現代人の課題ではなかろうか。言うなれば、各人は「我身にたどる契り」を背負っている。このように考えると、古い物語が急に現代的な性格を帯びてくるのである。「我身にたどる」を現代風に言い換えると、「アイデンティティの探求」ということになるだろう。この姫君――「我身姫」と呼ばれる――は、自分のアイデンティティを探し求めねばならないのだが、この物語は、そうすると、我身姫を主人公とする彼女のアイデンティティ探求を主題とする物語なのであろうか。近代の小説であれば、そうなったかも知れないが、実は、この物語をそのようにだけ読むわけにはいかない。この点について、『我身にたどる姫君』の研究者、徳満澄雄は「この物語には主人公は存在せず、極言すれば系図があるのみ」だと、示唆に富んだ指摘をしている(徳満澄雄「解題『我身にたどる姫君』について」『我身にたどる姫君物語全註解』有精堂、一九八〇年)。

系図のことは後で取りあげるとして、『我身にたどる姫君』について少し話を続ける。我身姫は、実は当時の関白と皇后の密通の結果、生まれた子どもであった。皇后は死の床に駆けつけた関白に事情を話し、我身姫の将来を託す。関白は彼女を邸に引き取る。そのうちに、彼女も自分の境遇を知り、巻三の終わりには、我身姫は東宮と結ばれる。つまり、将来は中宮となり、生まれた子ども次第によっては、国母――天皇の母――になることも約束されたわけである。彼女を主人公とする物語であれば、ここで話が終わってもいいのだが、この後、物語は巻四―巻八と、ながながと続くのである。しかも、巻三と巻四の間には、十七年の年月の経過があり、巻四からは、それ以後の物語の展開が語られる。これは、当時の物語の構成としても珍しいのではないだろうか。

このような物語の構成は、作者の周到な計算によってなされているように思われる。というのは、十七年後の物語のなかに、文字どおり「歴史を繰り返す」ことが示され、その繰り返しに微妙な変化が加わって、物語が収束してゆくのである。

主題の繰り返しは、つぎつぎと起こるとも言えるが、そのなかで、最も顕著なのは、最初に登場した関白の孫にあたる左大臣(殿の中将)が、麗景殿女御との密通によって生まれた娘を自分のところに引き取り、結局、彼女は帝と結ばれることになる。つまり、ここに我身姫と同様の「我身にたどる」主題が繰り返されるのである。

それでは、この物語は何を語ろうとしたのだろうか。やはり「我身にたどる」ことは、この物語の重要なテーマである。しかし、そのことは現代人の多くが考えるように、それはある個人のこととして完結しない、何代にもわたるものであることを語っている。これは三代で、ある種の完結を示す構成になっているが、本当のところは、「我身にたどる」仕事が、何代も何代も――おそらく永遠に――続くことを示したかったのではなかろうか。そして、筆者は、現代においてもアイデンティティ探求の仕事を、そのように受けとめることに大きい意義があると思っている。

近代ヨーロッパの文化は、「個人」の重視を大きい特徴とし、現代の先進国と呼ばれる国の人々はそれに強く影響されている。しかし、そろそろそのような個人像を超える試みが必要ではないかと思われる。そのような点で、日本の物語は多くの示唆を与えてくれるが、『我身にたどる姫君』は、特にその点について考えさせるものである。もちろん、この物語は他の点でも多く興味深い内容をもつのであるが、今回は、この点にのみ焦点を当てて論じたのである。

系図の意味

アイデンティティの探求と、自分の系図を探ることはよく重なる。「私とは何か」という問いに対して、自分の「ルーツ」を明らかにすることになるので、当然と言えば当然である。本人はアイデンティティなどということは明確には意識していなくとも、自分の系図や出自を探ることに、相当なエネルギーを費やすこともある。

心理療法家のもとに訪れる人が、まったく他の問題で来談するのだが、その過程のなかで、自分の出自、生まれ故郷、系図などに強い関心をもつことがある。不登校の子どもが、自分の生まれた場所を長時間かけて自転車で訪ね、そこで親類の人たちに会ったり、先祖の墓に参ったりして、その後に登校に踏みきることもある。親類を訪ね訪ねて、なんとか系図をつくりあげるのに苦労する人もある。そのような作業を続けているうちに、自分が何代にもわたる課題を背負っている――背負わされている――ことを認識する人もある。

このような意味で、系図は、われわれ心理療法家にとっての関心事であるが、また異なる観点からも、系図を見ることが可能である。図8に示した、系図のようなものを見ていただきたい。これは、一見、系図のように見えるがそうではなく、実は、一人の人間の内界の姿である。これは、十六重人格者――シビルと呼ばれる――の、それぞれの「人格」の名前が書かれている(F・R・シュライバー著、巻正平訳『シビル〈私のなかの16人〉』早川書房、一九七四年)。最近は、二十三重人格の症例なども発表されているようだが、多重人格の症例は――特にアメリカにおいて――最近よく発表されるようになった。

ここでは多重人格のことを論じるのは省略するが、この図のなかに、男女いろいろな人物がいることに注目すると、たとえば、図8に示す系図を一人の個人の内界として見ることも可能ではないか、と思われる。

自分のなかにいろいろな「人物」がいることを実感させられることが、時にある。まったく思いがけない行動をしたときなど、自分のなかの「誰か」がやったのだとか、そ

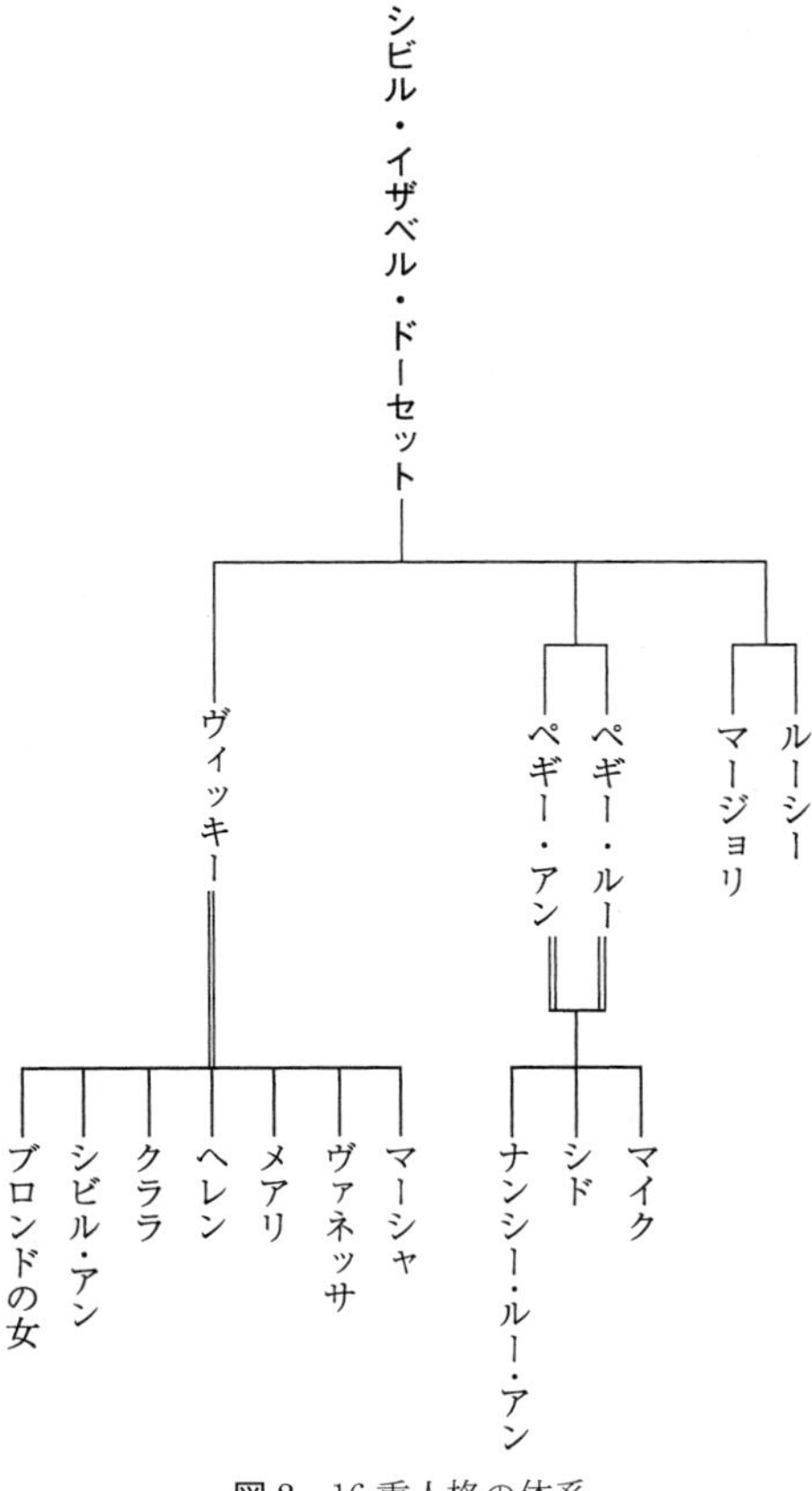

図8　16重人格の体系

れにそそのかされたのだ、などと感じるときがある。あるいは、夢に出てくる人物を、自分の内界のなかの住人として見ると、夢のことがよくわかることがある。Aという人物の夢を見たとき、それはAについて語っているのではなく、自分の心のなかの人物――Aという人物で表わされる自分の心の側面の体現化――として見ると、納得できることもある。「私」というのは、私自身が意識的によく知っている「私」(心理学では「自我」と呼ばれる)以外に、さまざまの「他者」によって構成されているのだ。

物語を読み解くときに、主人公がはっきりしているときは、それを「自我」あるいは、生成しつつある自我の姿、として見ると理解しやすい。しかし、われわれの物語は、徳満澄雄が指摘するように、「主人公は存在しない」。これをどう考えるべきだろう。これは、この物語の狙いとするところが、現代人にもわかりやすい自我を確立して、そのアイデンティティを探求するなどということではなく、「個人」ということを発想の出発点とせず、全体としての「ものの流れ」というなかで、それに身をまかせているものとしての自分、という形でアイデンティティを知る、という点にあるからだと思われる。そして、「私」というものが、偉大なものの流れのごく一部分としても感じられるのではなかろうか。したがって、この系図は何代にもわたる人々のことでもあるし、一人の人間の内界として読みとれることにもなるのだろう。

この系図を一人の人間の内界として見ても、何代にもわたる人々のこととして見ても、いずれにしろ、そこにひとつの大切なテーマが存在していることに気づく。それは、「対立物の合一」ということである。この物語では、それは宮家と摂関家の対立として描かれている。そのことを強く意識しているのは、物語の最初のあたりに語られる水尾中宮である。彼女は摂関家に属するが、そのときの皇后は宮家であり、どちらの系統から天皇を出すのか、に大変にこだわっている。

自分の心のなかを考えるとき、多くの人はそのなかに対立や葛藤の存在することに気づくだろう。それはわかりやすい形で、善人と悪人の対立として感じられるときもある。その対立の結果、どちらが勝つかによって、行動はまったく異なってくる。あるいは、自分の心のなかに父親の系統から得たものと、母親の系統から得たものとの対立を感じるときもある。心のなかの対立があまりにも強くなると「分裂」の危機が訪れる。これは、どうしても避けねばならない。「対立物の合一」ということは、人間にとって永遠の課題である。

『我身にたどる姫君』は、我身姫のみならず、その後も現われる姫君たちが「我身にたどる」生涯をおくる過程と共に、宮家と摂関家の対立の解消という流れが生じ、最後には、それは見事な結末を迎えることになる。

宮家の系統の右大臣(宮の中将)と後涼殿中宮との密通によって生まれたA姫君(図9・平林文雄編著『我身にたどる姫君』笠間書院、一九八四年、より作図)は、やはり「我身にたどる」姫の一人だが、最後には晴れて東宮に参入することになる。彼女の裳着の際には、摂関家の系統の左大臣(殿の中将)が腰結の役をつとめ、二人はしみじみと語り合い、そのなかで二人は二重に義兄弟であることも判明する。物語の展開のなかで、宮家と摂関家の血は混じってゆき、右大臣と左大臣の関係に認められるように、両家の対立はとけ、完全に融和する、というところで物語は完結する。したがって、この系図は、どのようにして対立が解消されているか、という経過を示しているもの、とも言うことができる。

密通

ここでやっと、標題にかかげたことについて述べることになった。つまり、これまで述べてきた物語の展開に、最も重要な役割をもったと思われる「密通」について、である。「我身にたどる」の主題にしろ、「対立物の合一」の主題にしろ、それらについて語る、この物語において、「密通」を抜きにしてしまうと、まったく話が進まないのだ。系図を見ると、このなかに五つの密通関係があることがわかる(図9)。それらについて順番に見てゆくことにしよう。

まず第一は、関白と皇后宮の密通であり、その結果生まれた、我身姫である。これは

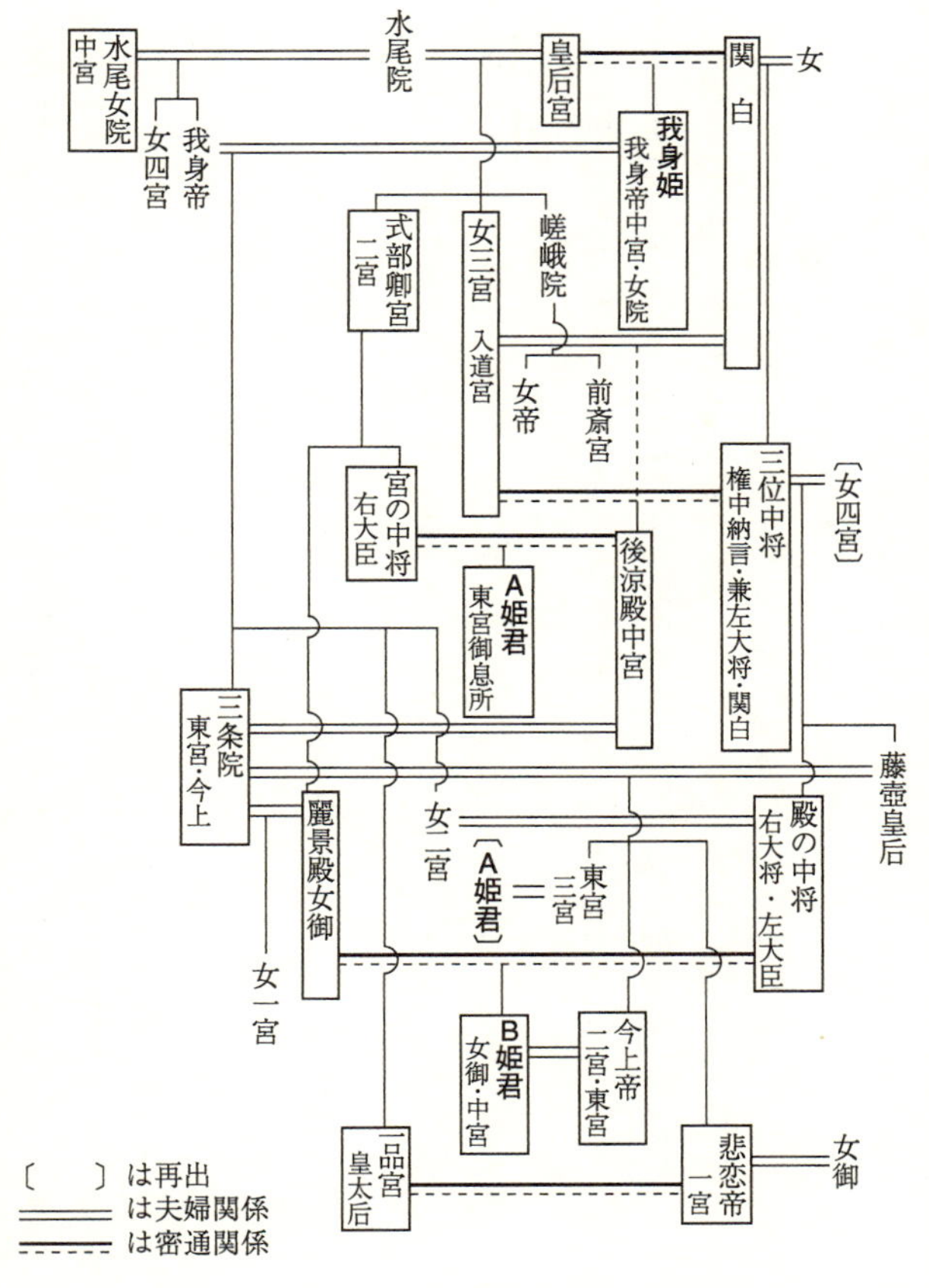

図 9 『我身にたどる姫君』における「密通」関係

まさに話のはじまりである。この密通事件が、この長い物語を生み出したと言っても過言ではない。我身姫は物語の最初に、何も知らない孤独な姫として登場する。そこから「我身にたどる」物語が展開するのだが、そもそもこの密通は宮家の女性(皇后宮)と摂関家の男性(関白)の間のものであり、このことは、物語の収束される方向が、ここに既に示されている、と言ってもいいのだろう。

次に生じる密通は、三位中将と女三宮の間である。女三宮は三位中将の父の関白と結婚するのだから、これは摂関家と宮家との接近である。しかし、ここで密通が起こらなかったら、彼らの間には子どもはできなかったのではなかろうか。しかし、表向きは関白の娘として、密通の結果、後涼殿中宮が生まれてきて、彼女は両系統の融和に大きい役割を果たすことになる。

三番目の密通は、第二の密通によって生まれた後涼殿中宮と宮の中将との間に行われる。中宮に対する帝(三条院)の想いは厚かったが、一瞬の隙を見つけて宮の中将は後涼殿に忍びこみ思いを遂げる。この結果、また一人の「我身にたどる」姫、つまりA姫君が誕生する。このA姫君の東宮参入のときに、宮家と摂関家の融和が完成することになるのは、先に述べたとおりである。

四番目の密通は、麗景殿女御と殿の中将(当時、右大将)の間に生じる。この二人の関係はその後も続くが、だんだんと麗景殿女御の方が冷淡になってゆく。この二人の間に生まれたB姫君もまた「我身姫」と同様の運命をたどることになる。最初は麗景殿女御が知り合いの女児を引き取ったという名目で育てていたが、殿の中将(もう左大臣になっていた)が、自分のもとに引き取り、彼女も女御、中宮になる。実は、先に述べたA姫君の東宮参入は、この後で起こることである。

以上、述べてきたように、密通によって、宮家と摂関家の血が混じり、両家の融和が完成し、その間に、それぞれの「我身にたどる」姫も、幸福になってゆく。と言うわけで、いかにも「密通」万歳という感じであるが、作者は周到にも、必ずしもそうでないことを、第五の密通話によって示している。ここのところが、実によくできていると思われる。

A姫君、B姫君の夫となった東宮と今上帝の兄は、悲恋帝と呼ばれる。悲恋帝は我身姫の孫である。女御を迎えるが、もうひとつ気が進まない。そんなときに、我身姫の娘、一品宮を見て恋に陥ってしまう。ところが一品宮は年上であるし、既に皇太后の位についている。結婚は不可能である。しかし、帝は宮のところに忍び入って思いを遂げる。宮はもはや生きて母女院(我身姫)に会わせる顔はない、と食を断つ覚悟を決める。結局は、一品宮は死に、それを聞くや、帝もたちまち息が絶えてしまった。これまでの密通と異なり、これはまったくの悲劇となってしまう。これはどうしてだろう。

まず、なんと言っても密通は悪である。ただ、悪のもつパラドキシカルな性質によって、それは誰もが意図していない善を生み出すときがある。『我身にたどる姫君』の物語において、密通した人物はエロスの力によって行動するが、そのときに、摂関・宮両家の融和などという「目的」を考えた者は一人もいなかったはずだ。そのことは、これらの行為の積み重ねの結果として生じたことである。したがって、結果はどうであれ、密通をよしとすることなどはできない。

密通には、もうひとつの問題がある。男性も女性も相思相愛の関係で行われるときと、まったくの一方的な関係のときがある。平安時代においては、まず男性の侵入という形で男女の関係が成立することが多いので、密通は女性にとって深い傷となることもある。悲恋帝の侵入を受けたときの一品宮の気持は、「あな心憂、何ごとにつけても、女の身ばかりゆゆしかりけるものはなかりけり、と思し知らるる」と表現されている。相手がいかなる男性であろうと許せない、という感情が実にはっきりと述べられている。

密通のもつネガティブな面を、このようにはっきりと書いているのは、物語全体の構成から考えても、さすがだと思う。結果がよいからと言って密通を肯定しているわけではない、ということと、そのような行為によって生じる「悲しみ」を忘れてはならぬ、ということを、最後の密通事件によって示している、と思われる。

『リチャード三世』

対立する二つの家が融和してゆく、というので思い出したのが、シェイクスピアの『リチャード三世』である。松岡和子訳のちくま文庫の最後に、やはり家系図が示されている。これはシェイクスピアが『リチャード三世』以前に書いた『ヘンリー六世』三部作の登場人物もすべて入れてあるし、エドワード三世より、ヘンリー八世まででは、年代を見ても相当な年月にわたっているので、『我身にたどる姫君』より、はるかに人物は多い。これも、要するにランカスター家とヨーク家の両家がさんざん反目し合った後、とうとう融和することになる物語である。これを『我身にたどる姫君』と比較すると、日本の物語のキーワードが「密通」だったのに対して、この物語のそれは、「殺人」なのである。

リチャード三世は権力の座を目指すために、つぎつぎと人を殺してゆく。この場合も『我身にたどる姫君』と同様に、彼の狙いとするところはまったく別であるのに、結果的には、殺人の果てに仲直りという形で、ランカスター家とヨーク家は合体するのである。

エロスと権力とは、人間の欲望の二大対象とも言える。フロイトはエロスに注目したが、アドラーは「権力への意志」を人間の最も根本的なことと考えた。彼によると、エロスも結局は、権力を得るための道具として用いられることになる。リチャード三世がアンを口説き落とすのなどは、その典型であろう。彼は彼女を別に愛していないのだが、自分が権力を握り、王となるために必要なこととして、彼女を口説き、妻とするのだ。はじめから、不要になれば棄てようとしている。これは、恋に陥ると、自分の帝としての地位などお構いなくなって恋につき進む『我身にたどる姫君』のなかの悲恋帝と好対照をなしている。

『リチャード三世』では、劇の終わりの方に、彼に直接・間接に殺された十一人の幽霊がつぎつぎと彼の前に現われる。さすがのリチャードも、これにはまったく心を乱されてしまう。そして、幽霊たちの望みどおり、彼はリッチモンドとの戦いに敗れて戦死する。殺人を平気で繰り返し、すべてが自分の思いどおりになると思ったリチャード王は、王位にあること、わずかで死に至る。しかし、彼の意図とはまったく無関係に、ここにヨーク・ランカスター両家の融和が遂げられることになった。

勝利の宣言をするリッチモンドは次のように言っている。

　イングランドは長いあいだ狂気にとりつかれ、自らを傷つけてきた。
　兄弟同士見境いなく血を流し合い、

父は早まって息子を虐殺し、
息子も余儀なく父を惨殺した。
こうしてヨーク、ランカスター両家は引き裂かれ、
さらに、この戦争でその分断は深まった。
だが、今、それぞれの王家の真の継承者、
リッチモンドとエリザベスの二人が
神の思召しによって、それをひとつに結び合せる。
（松岡和子訳『リチャード三世』ちくま文庫、一九九九年）

こうして、めでたくヨーク・ランカスター両家の統合が成立するが、これを日本の物語と比較すると、その差はあまりにも歴然としている。密通は「つなぐ」機能をもつのに対して、殺人は「切る」機能をもっている。ひそかな「つなぎ」を繰り返すことによって融和をはかるのと、公然と、あるいはひそかに「切る」ことを繰り返した果てに、邪魔者が消え去り統合が行われるのと、著しい対比を示している。

密通と殺人という「悪」が物語を押し進めてゆくが、それに関与する人は、自らの欲望の実現にのみ心があって、結果的に生じる融和や統合のことは、まったく念頭にないことは、東西共に共通である。また物語の最後に、悪の体現者、リチャード三世は殺さ

れてしまうし、日本の物語では、悲恋帝の話によって、密通に伴う深い悲しみが語られる、という構成も、似た感じを受けるものがある。

恨の物語

物語を押し進めてゆく「悪」について、比較に値する、もうひとつの物語を取りあげる。お隣の韓国の物語については知ることがなかったが、最近、梅山秀幸によって、『朝鮮宮廷女流小説集 恨のものがたり』(総和社、二〇〇一年)が出版されて、それを知ることができた。これには、「癸丑日記(上・下)」、「仁顕王后伝」、「閑中録」の三作が収載されているが、いずれも作者は女性で、十六―十七世紀の作品である。作品の詳しい紹介などは同書の「解説」に譲るとして、ここでは、われわれの主題に関連することのみについて簡単に述べる。

「癸丑日記(上・下)」を取りあげてみよう。系図(図10)を見ていただきたい。李朝十四代の宣祖大王が死亡して、誰が後を継ぐかという問題が生じるが、王の次男、光海君が策謀をめぐらして十五代の王となる。この作品のなかでの光海君は、まさに「悪役」で、殺人、淫行などを繰り返す。権力への意志は極めて強く、そのために悪をなすことに何らの抵抗も感じない。この悪役ぶりはリチャード三世にもつながるところがあるが、

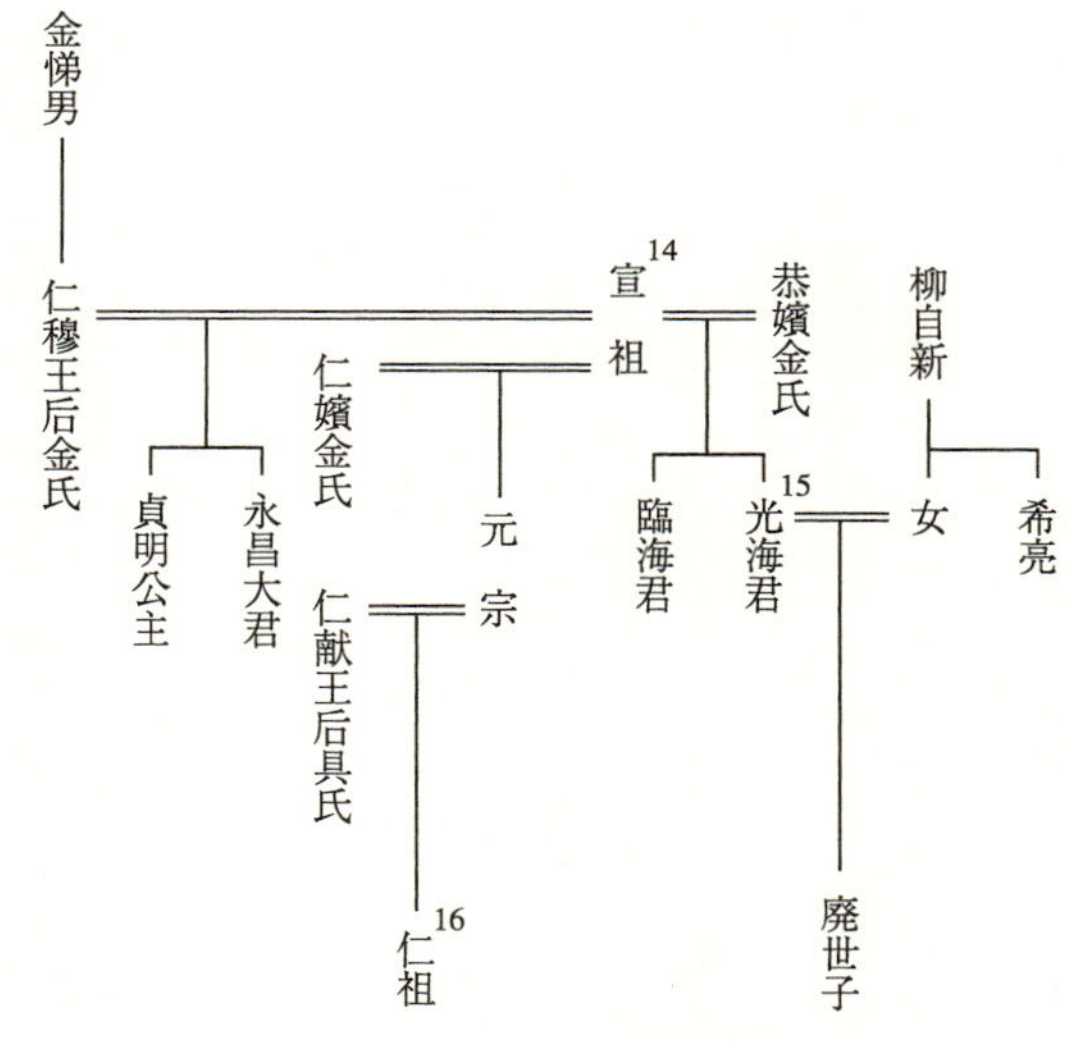

図 10　「癸丑日記」関係系図

作品の狙いは、まったく異なる点にある。

　この作品の全体を通じて、記述に力が入れられるのは、光海君がその義母、仁穆(じんぼく)王后金氏を徹底的に迫害することと、王后がそれに耐えに耐えるところである。そのような迫害は、王后のことを光海君に何のかのと讒言する者がおり、その讒言に乗って、つぎつぎと迫害が加えられる。それが、これでもかこれでもか、というように描かれ、それに伴う王后と彼女の周囲の人々の嘆きが詳細に描かれるのである。

　最後には、十六代の王、仁祖の力によって、長らく幽閉されていた仁穆王后の門が開かれ、めでたしめでたしとなるのだが、これを西洋流の物語とするならば、仁祖がいかにして光海君を破ったのか、という点に力点が置かれるだろうし、耐え忍んだ王后が復帰できる喜びなどが語られる、のではないだろうか。ところが、この物語を一貫しているのは、話を進めてゆくための悪としての、讒言につぐ讒言であり、それに対して抗弁などすることなく、ただ、悲嘆し続ける王后の姿を描くことなのである。ここに物語の主題——恨——がある。

他文化のことをどれだけ理解できるか心もとないが、上記の作品のみではなく、他の二作も通読して感じることは、「恨（ハン）」というのが、日本人が普通に考える「うらみ」などをはるかに超えてしまって、それは超個人的なものになっていることである。人間がこの世に存在することの本質として、それは感じとられており、その表現は烈しいものであるが、そこに美的感覚さえ伴ってくる。恨を生ぜしめる力は悪であり醜であるが、恨は深く、悲しく美しいのである。

女性の作者による、これらの「朝鮮宮廷女流小説集」を読んで感じることは、「恨（ハン）」と、わが国の物語に語られる「もののあはれ」は、何か共通の因子をもっている、ということである。おそらく、それは「かなしみ」なのであろう。それが内にこめられると「あはれ」になり、外に向かうと「恨」になるのではなかろうか。そして、どちらにも共通して「美」ということが認められる。

原罪と原悲

西洋——というよりキリスト教文化圏——の人と話していると、彼らにとって「原罪」(original sin)ということが、いかに大切であるかを感じさせられる。それは「原罪」という言葉で表現するのにふさわしく、ともかく人間として生まれてくる限り、それを背負い続けてゆかねばならぬ、という感じが伝わってくる。ここに取りあげたのは、日本と韓国の物語のみで、これを東洋のどのあたりまで拡大できるかはともかくとして、両国に共通して、西洋の「原罪」に相応して「原悲」(original sorrow)ということがあげられると思う。人間存在の根源にあるものとしての「かなしみ」である。

物語のなかで、原罪や原悲について語ろうとするとき、それを浮かびあがらせてくるものとして、何らかの「悪」による仕掛けがある。その仕掛けによって物語は展開してゆく。その間に人間の個人の知恵を超える「神の思召し」や「もののいきおい」によって、それは収まるところに収まってくる。ここで興味深いのは、「原罪」に対して、それをいかにして遠ざけるか、あるいは、贖うかという人間の動きが認められるが、「原悲」の方は、むしろ、いかにしてそこにひたってゆくか、という人間の動きがあるように思われる。ここに彼我の相異が感じられる。

これは、既に他に論じたことであるが(拙著『物語と人間の科学』岩波書店、一九九三年〔『こころの最終講義』新潮文庫、二〇一三年〕)、キリスト教が日本にもたらされ、その後の弾圧のなかで、隠れキリシタンが生き延びるが、口伝えに伝えられた『聖書』の話は変容を遂げ、「原罪」の話は消えてしまう。隠れキリシタンの伝えによると、アダムとイヴは禁断の果実を食べて、神に楽園追放を告げられる。そこで、何とかして、いつか帰らせてほしいと願うと、神はそれを了承する。彼らは許され、原罪はなくなってしまう。その後の話の成りゆきを見ると、そこには「原罪」より「原悲」へのシフトが感じられる。

このように考えてゆくと、本書に取りあげた日本の物語のいずれもが、「原悲」というテーマをもっている、と感じられる。韓国の場合を取りあげたが、このような物語の理解が、日本の物語のみではなく、他文化の物語を考える上で、どれほどの意味をもつかは、今後の検討の課題であろう。

あとがき

日本の物語は実に面白い。これほどの古い時代に、これほどの物語をもったことを、日本人は誇りにしていいと思う。それに、本文中にも論じているように、現代人として生きる上でのヒントを、数多く引き出すことができる。こんなのは読まないと損だと思う。

私が中央教育審議会の委員をしていたとき、そこにお招きをして考えを聞かせていただいた、ドナルド・キーンさんが、日本の古典は実に面白いのに、学校で教えるときに、文法の方に力点がかかりすぎて、文学としての興味を無視してしまうような教え方が多く、そのために古典を嫌いになる人が増えて残念である、と言われた。ほんとうにそうだと思った。その上、キーンさんは面白さを実感させるためには、どんどん現代語訳を読ませて、関心を持たせた上で原文に接するようにしてはどうか、と言われた。これも、ひとつよい方法である。

このように言っている私も、実は長い間、日本の物語など読まなかったのだが、ふとしたきっかけから読みはじめると、その魅力に惹きつけられて、つぎつぎと読んだ。その上、季刊雑誌『創造の世界』誌上で、いろいろな作品を取りあげ、それにふさわしい学者や作家の方にお願いをして対談させていただく、というチャンスに恵まれた。このことも、実に興味深く有難いことであった(これらの対談は『物語をものがたる』シリーズ〔全三巻、小学館刊〕に収録されている)。

本書も、それらの対談によって得た多くの知見を参考にして書かせていただいたものであり、対談をして下さった方に、ここに厚くお礼申しあげたい。

さて、本書に関してであるが、国文学の専門家でもない私が、なぜこのような書物を書くのか、という点については、第一章に論じたとおりである。現在のように科学技術が発達してくると、人間はこれまで不可能と思っていたことでもどんどんできるようになって、下手をすると、科学技術万能の考えに陥りやすい。人間が実際に生きてゆく上においては、それとは異なる思考が必要であり、その点において、「物語」ということが非常に大切になってくる。人間はその生涯にわたって、一人ひとり固有の「物語」を生きているのだ。このように考えると、日本の古い物語を読むことが、現代に生きることへとつながってくるのである。

現代と言えば、誰でもグローバリゼーションということを思うだろう。その力は非常に強い。だからと言って、地球全体が一様化するのも馬鹿げたことである。日本は日本としての固有の文化を生きつつ、それは同時に世界に通じる普遍的なものとつながっていなくてはならない。ひとりよがりでは生きてゆけないし、独自性などを安易に主張しているうちに、グローバリゼーションの波に呑みこまれてしまうであろう。

これを避けるためには、日本人の特性を知りつつ、それを他の文化と比較検討することが必要である。本書においても、ある程度、そのような試みをしている。このようなことは今後も続けてゆきたいと思っている。

『源氏物語』に関しては、近く渡米して、ポモナ・カレッジにおいて『紫式部物語』(Tale of Murasaki)の著者、ライザ・ダルビーさんと共にシンポジウムをすることになっているので、大変楽しみにしている。「物語」に関する国際的、学際的な研究は、今後ますます盛んになってゆくだろう。

本書の内容のほとんどは、『創造の世界』に連載したものである。その連載の間、および書物として出版するに際して、小学館京都編集室の、前芝茂人、森岡美恵の両氏には格別のお世話になった。ここに厚くお礼申しあげたい。

二〇〇一年十月

河合隼雄

（二〇〇二年初版より）

解説　あらゆるものをつなぐ

小川洋子

いい小説とは何か。このあまりにも単純で、しかし困難な疑問の前で立ち往生する時、物語についての河合先生の言葉が、気づきを与えてくれる。

物語の「もの」は物質のみならず人間の心、それを超えて霊というところまで及ぶ……何かを「関係づける」意図から物語が生まれてくる……心と体をつなぐものである「たましい」の語りが物語になる……自分と他人、人間と動物や物、生者と死者、自分の心のなかの意識と無意識など、物語によって縦横無尽に張りめぐらされたネットワークのなかに自分を位置づけることにより、人間は安心して生き、安心して死ぬことができる……。

このような解釈の一つ一つが、書きかけの作品と向かい合うなかで突き当たるさまざまな局面に、思いがけない方向から光を当ててくれる。作家として自分の掘り進もうとしている世界がどんなに混沌としていようと、怯む必要はない、書かれることによってしか実感できない、何かと何かのつながりをあぶり出そうとしているのだから、その途中が暗闇なのは当然だ、と言い聞かせることができる。暗闇を抜けた先にあるのは、現実から隔絶された孤島ではなく、現実に生きる人間の、広大な心の一部なのだ。

臨床心理学と物語、二つのつながりを重要視した先生が、関係づける、という特性を物語に見出したのは興味深い。明らかに正反対と思われる、生と死や善と悪などの間を物語がやすやすと行き来し、境界線を消滅させるように、先生は臨床心理学と物語の間に通り道を設けた。客観的な裏付けを必要とする島と、主観的であいまいなものを許す島の間に虹を架け、両方の風景に奥行きを与えた。

更に面白いのは、必ずしも専門である臨床心理学の方に、物語を引き寄せるのではなく、えこひいきしないよう慎重に中間の立場を保とうとしている点だ。二つは平等に透明な鏡を持ち、お互いを映し合い、反射し合って結局は人間の心の奥底に届く光を発する。

虹の通り道なのだから、つながりと言っても安易な因果関係ではない。むしろそこに生じるのは因果から解き放たれた、自由な往来である。本書で転生について論じた中に、本当の納得は、知的な因果的把握を超えて、自分の存在全体が「そうだ」という体験をしなくては得られない、と書かれている。私も先生の架けた虹を行き来しながら、小説を書いている自分の背中に向かって、「そうか、そうかいうことか」とうなずいていた。〝そういう〟が、どういうことなのか、言葉では説明できないままに、深々と納得しているのだった。

本書は『竹取物語』からスタートし、王朝時代の物語を、さまざまなキーワードを切り口にして読み解いている。まず目に留まったのは、この時代の物語にほとんど殺人が取り上げられていない、という指摘だった。人間の基本的な欲望の一つである権力欲が、殺人を生む。物語を大きく揺さぶるはずの、劇的なパワーのぶつかり合いが描かれていないにもかかわらず、豊かな物語群が生まれている。その不思議が、『宇津保物語』、『落窪物語』、『源氏物語』などの作品を通して考察されている。

日本人の美意識は、できるだけ直接的な争いを避け、勝つ努力より、体面を保つ努力の方に重きを置く。そのため、勝つためにあらゆる方策を取ろうとする者はむしろ「悪役」に仕立てられ、亡びの美学に従った側が「よい方」とされる。殺人にまで至らない、もっと日常的な会話でも、本心は口にせず、相手にそれとなく悟らせて、対立を避けようとする。そうした感覚が、血の飛び散る殺人の描写からこぼれ落ちる、もっと複雑で細やかな人間の心理を時に描き出すことになる。

争いによらない決着の一例として挙げられている、『落窪物語』の場面が忘れがたい。継母にいじめられ、物置小屋に閉じ込められた落窪の君。継母の企みにより、典薬助という老人に襲われそうになる。この危機を救うのが、美男子でたくましい貴公子の力でも知恵でもなく、典薬助の腹下しという自然現象なのだ。夜更け、喜び勇んで物置小屋にやって来た老人は、突っ張り棒のせいで開かない戸口をどうにかしようと悪戦苦闘する。そのうち寒さでお腹の具合がおかしくなってしまい、結局目的を遂げられないで終わる。

ここでつい、雪子の下痢のエピソードでラストを迎える、谷崎の『細雪』を思い浮かべるのだが、そう見当違いな連想でもないという気がする。四人姉妹は、船場の実家が落ちぶれてゆくのに、無理に抗おうとしない。争いのような非日常ではなく、毎年変わりなく繰り返される家族の行事を重視する。そして彼女たちの日常を脅かす、戦争の影を象徴するものとして、雪子の体調不良が描かれる。究極の争いである戦争を、体の異変という逆らえない現象に置き換えることで、困難になるだろう以降の生活を、四姉妹がどう受け止めてゆくか、暗示しているように感じる。

落窪の君対老人、継母対落窪の君と、当事者同士がぶつかり合えば、当然優劣がつく。殺人にまで発展すれば、取り返しのつかない事態に陥る。そこを、どちらが負けたのでもない、あいまいな状態に収めるために、人間を超えた何かの存在が必要になってくる。人間を超えるのだから、その時物語は作者の才能を打ち破り、作者が想像もしていなかった地点まで、読者を運んでゆく。

作家の立場からすれば、いい作品は自分の脳細胞が生み出すのではない、自分の外側で発生する、ということになるのだろうか。しかしそれで一向に構わない。書き手だってやはり、読者と一緒に、言葉の理屈の届かない遠い地点に降り立ってみたい。

　さて、老人を襲った自然現象を別の言い方に置き換えるなら、「偶然」という言葉が、最もしっくりくる。先生はクライアントが自ら立ち上がるきっかけとして、偶然の重要性を説いている。何か「うまい」ことが起こるのである。もしかしたらずっと以前から既に起こっていたのかもしれないが、問題はそれに気づけるかどうかで、きちんとキャッチできた時にようやく、現実の見え方が違ってくる。

　偶然と物語は強い縁で結ばれている。小説を読んでいて、「こんな出来すぎた偶然、起こるはずがない」と思う時がある。そういう作品はやはり、どこか偽物なのだ。物語の定義はもちろん難しいが、本物か偽物かは残酷なほど明らかに分かる。人間はどんなに厳密な計画を立て、その通りに行動しようとしても、決して偶然からは逃れられない。偶然、雨は降るし、電車は遅れる。病気にもなる。生かされている世界で、本当は何一つ自分の思い通りにはできないのに、便宜上、コントロールできるかのような幻想にすがっている。幻想に惑わされず、世界のありのままをどれだけ豊かに汲み出せるかが、物語を生む根本と関わってくる。本物の物語は絵空事ではなく、むしろ現実に沿ったものなのだ。

　偶然について考えていると、ごく自然に、ではその偶然の支配の中で発揮されるべき自我とは何だろう、と思う。ここで取り上げられているのが、『我身にたどる姫君』で、これは「私とは何か」との問い掛けが、何代にも渡って繰り返される物語であるらしい。何というユニークさだろうか。文学の大問題であるはずの自我の確立が、一個人の中で解決されず、見事にスルーされてゆくのである。個人の輪郭を絶対的に強固なものとせず、その境界線を緩やかに引き延ばす、日本的な物語の面白さがここにもよく表れている。

……「個人」ということを発想の出発点とせず、全体としての「ものの流れ」というなかで、それに身をまかせているものとしての自分、という形でアイデンティティを知る……そして、「私」というものが、偉大なものの流れのごく一部分としても感じられるのではなかろうか。

『我身にたどる姫君』について書かれたこの文章は、そのまま、〝うまいこと〟が起こって治ってゆくクライアントの姿に重なる。

もう一つ、『宇津保物語』を琴の継承の視点で読み解いた第四章をどうしても取り上げたい。偶然と同じく、音もまた物語の一部であり本質でもある。

人間が本当に心の安心を得るためには、たましいとつながっていなくてはならない。人間の心では簡単に推し測れないたましいのはたらきを、心に伝えてくるものとして「音」、特に「音楽」は非常に適当なものである。

たましいの語りが物語であるとするならば、その語りを心まで運ぶ舟が音、音楽なのかもしれない。

『クマのプーさん』も『たのしい川べ』も『長くつ下のピッピ』も、元々、作者が自分の子供に即興で語り聞かせていたお話から生まれた。ベッドの中で、こちらの世界と眠りの世界を行きつ戻りつしながら耳を澄ませる子供が、どれほど深く物語の中に心を沈めているか。それはもうこちらへは戻って来られないのではと、心配になるほどだ。まさに物語が、意識と無意識、心と体、現実と夢の境を結び、一続きの円環を作り出す瞬間で、そこには声が不可欠となる。物語の原点を想像してゆくと、必ずそこには音が響いている。

あとがきにある一文。

人間はその生涯にわたって、一人ひとり固有の「物語」を生きているのだ。

これを何度もかみしめている。亡くなったあとに出版された、先生との対談をまとめた本のタイトルは、『生きるとは、自分の物語をつくること』(新潮社、二〇〇八年〈新潮文庫、二〇一一年〉)だった。物語がどれほど深いところで人生と関わり合っているか、示して下さったことに、今改めて感謝したい。

あらゆる生きものの中でなぜ人間だけが言葉を獲得し、それを使って物語を生み出し続けているのか。その疑問と向き合うことは、人間とは何かを考えるのに等しい。しかもそれは集団としての人間ではなく、名前を持った個人、一人一人である。先生は物語の歴史を遡り、一つ一つ作品の森を探索し、恐らく作者自身でさえ意識していないはずの秘密を掬い上げてゆく。その探索の後をたどるうち私は、自分の人生が現実に閉じ込められているのではなく、広大な物語の水脈とつながり合っているのに気づかされる。その水音に耳を澄ませながら、自分が自分の物語を生きていると実感し、安堵するのだ。

(作家)

〈物語と日本人の心〉コレクション刊行によせて

岩波現代文庫から最初に河合隼雄のコレクションとして刊行されたのが『ユング心理学入門』『ユング心理学と仏教』などを含む〈心理療法〉コレクションである。それは心理療法を専門としていた河合隼雄の著作で最初に取り上げるのにふさわしいものであろう。またそれに引き続く〈子どもとファンタジー〉コレクションも、河合隼雄の重要な仕事である子どもに関するものと、ユング心理学において大切なファンタジーという概念を押さえている。しかし心理療法を営む上で、河合隼雄が到達した自分の思想の根幹となるキーワードは「物語」なのである。それに従って、本コレクションには、『昔話と日本人の心』と『神話と日本人の心』という主著が含まれている。

心理療法においてセラピストはクライエントの語る物語に耳を傾ける。しかしそれ以上の意味で河合隼雄が「物語」を重視するのは、心理療法において個人に内的に存在するリアライゼーションの傾向に一番関心を持っているからである。リアライゼーションとわざわざ英語を用いるのは、それが「何かを実現する」ことと「何かがわかる、理解する」の両方の意味を持っているからである。そして物語に筋があるように、理解しつつ実現していくことが物語に他ならず、だからこそ物語が大切なのである。小川洋子との最晩年における対談のタイトル『生きるとは、自分の物語をつくること』は、物語が何であるかを如実に示している。

物語は河合隼雄の人生の中で、重要な意味を担ってきた。まず河合隼雄は小さいころから、豊かな自然に囲まれて育ったにもかかわらず、本が好きで、とりわけ物語が大好きであった。興味深いのは、物語は好きだったけれども、いわゆる文学は苦手であったことである。小さいころや若いころに心引かれたのはもっぱら西洋の物語であったのに、このコレクションでは〈物語と日本人の心〉となっているように、主に日本の物語が扱われている。戦争体験などによって毛嫌いしていた日本の物語・神話に向き合わざるをえなくなったのは、夢などを通じての河合隼雄自身の分析体験がある。そして日本で心理療法を行ううちに、日本人の心にとってその古層となるような日本の物語の重要性を認識せざるをえなくなったことが、多くの日本の物語についての著作につながった。

本コレクションの『昔話と日本人の心』は、それまで西洋のユング心理学を日本に紹介するスタンスを取っていた河合隼雄が、一九八二年にはじめて自分の独自の心理学を世に問い、そして昔話から日本人の心について分析したものである。大佛次郎賞を受賞し、心理学の領域を超えて河合隼雄の名声を揺るぎなきものにしたものとも言えよう。

これと並び立つのが、『神話と日本人の心』で、一九六五年に英語で書かれたユング派分析家資格取得論文を四〇年近く温め続け、そこに「中空構造論」と「ヒルコ論」を加え、二〇〇三年に七五歳のときに執筆したある意味で集大成となる作品である。

物語に注目するうちに、河合隼雄は日本人の心にとっての中世、特に中世の物語の重要性に気づいていき、それに取り組むようになる。『源氏物語と日本人――紫マンダラ』と『宇津保物語』『落窪物語』などの中世の物語を扱った『物語を生きる――今は昔、昔は今』は、このようなコンテクストから生まれてきた。

それに対して『昔話と現代』と『神話の心理学』は、物語の現代性に焦点を当てている。『昔話と現代』は、既に〈心理療法〉コレクションに入っている『生と死の接点』に分量的に入れることのできなかった、第二部の「昔話と現代」を中心としていて、先述の追放された神ヒルコを受けていると河合隼雄が考える「片子」の物語を扱っている章は圧巻である。『神話の心理学』は、元々『考える人』に連載されたときのタイトルが「神々の処方箋」であったように、人間の心の理解に焦点を当てて様々な神話を読んだものである。

このコレクションは、物語についての河合隼雄の重要な著作をほぼ網羅している。ここに収録できなかったので重要なものは、『とりかへばや、男と女』(新潮選書)、『日本人の心を解く――夢・神話・物語の深層へ』(岩波現代全書)、『おはなしの知恵』(朝日新聞出版)であろう。合わせて読んでいただければと思う。

このコレクションの刊行にあたり、出版を認めていただいた小学館、講談社、大和書房、および当時の担当者である猪俣久子さん、古屋信吾さんに感謝したい。またご多忙のところを各巻の解説を引き受けていただいた方々、企画・チェックでお世話になった岩波書店の中西沢子さんと元編集長の佐藤司さんに厚くお礼申し上げたい。

二〇一六年四月吉日

河合俊雄

本書は二〇〇二年一月、小学館より刊行された。

本文の底本には、河合隼雄著作集第Ⅱ期第7巻『物語と人間』(二〇〇三年三月、岩波書店)に収録された版を用いた。索引には小学館版を使用した。

岩波現代文庫[学術]

G467
コレモ日本語アルカ？
―異人のことばが生まれるとき―

金水 敏

ピジンとして生まれた〈アルヨことば〉は役割語となり、それがまとう中国人イメージを変容させつつ生き延びてきた。〈解説〉内田慶市

G468
東北学／忘れられた東北

赤坂憲雄

驚きと喜びに満ちた野辺歩きから、「いくつもの東北」が姿を現し、日本文化像の転換を迫る。「東北学」という方法のマニフェストともなった著作の、増補決定版。

G469
増補 昭和天皇の戦争
―「昭和天皇実録」に残されたこと・消されたこと―

山田 朗

平和主義者とされる昭和天皇が全軍を統帥する大元帥であったことを「実録」を読み解きながら明らかにする。〈解説〉古川隆久

岩波現代文庫[学術]

G462
排除の現象学
赤坂憲雄

いじめ、ホームレス殺害、宗教集団への批判――八十年代の事件の数々から、異人が見出され生贄とされる、共同体の暴力を読み解く。時を超えて現代社会に切実に響く、傑作評論。

G463
越境する民
近代大阪の朝鮮人史
杉原達

暮しの中で朝鮮人と出会った日本人の外国人認識はどのように形成されたのか。その後の研究に大きな影響を与えた「地域からの世界史」。

G464
越境を生きる
ベネディクト・アンダーソン回想録
ベネディクト・アンダーソン
加藤剛訳

『想像の共同体』の著者が、自身の研究と人生を振り返り、学問的・文化的枠組にとらわれず自由に生き、学ぶことの大切さを説く。

G465
我々はどのような生き物なのか
―言語と政治をめぐる二講演―
ノーム・チョムスキー
福井直樹
辻子美保子 編訳

政治活動家チョムスキーの土台に科学者としての人間観があることを初めて明確に示した二〇一四年来日時の講演とインタビュー。

G466
ヴァーチャル日本語 役割語の謎
金水敏

現実には存在しなくても、いかにもそれらしく感じる言葉づかい「役割語」。誰がいつ作ったのか。なぜみんなが知っているのか。何のためにあるのか。〈解説〉田中ゆかり

2023.10

G457
現代(いま)を生きる日本史
須田努
清水克行

縄文時代から現代までを、ユニークな題材と最新研究を踏まえた平明な叙述で鮮やかに描く。大学の教養科目の講義から生まれた斬新な日本通史。

G458
小国
―歴史にみる理念と現実―
百瀬宏

大国中心の権力政治を、小国はどのように生き抜いてきたのか。近代以降の小国の実態と変容を辿った出色の国際関係史。

G459
〈共生〉から考える
―倫理学集中講義―
川本隆史

「共生」という言葉に込められたモチーフを現代社会の様々な問題群から考える。やわらかな語り口の講義形式で、倫理学の教科書としても最適。「精選ブックガイド」を付す。

G460
〈個〉の誕生
―キリスト教教理をつくった人びと―
坂口ふみ

「かけがえのなさ」を指し示す新たな存在論が古代末から中世初期の東地中海世界の激動のうちで形成された次第を、哲学・宗教・歴史を横断して描き出す。〈解説〉山本芳久

G461
満蒙開拓団
―国策の虜囚―
加藤聖文

満洲事変を契機とする農業移民は、陸軍主導の強力な国策となり、今なお続く悲劇をもたらした。計画から終局までを辿る初の通史。

2023.10

G452
草の根のファシズム
―日本民衆の戦争体験―
吉見義明

戦争を引き起こしたファシズムは民衆が支えていた――従来の戦争観を大きく転換させた名著、待望の文庫化。〈解説〉加藤陽子

G453
日本仏教の社会倫理
―正法を生きる―
島薗進

日本仏教に本来豊かに備わっていた、サッダルマ（正法）を世に現す生き方の系譜を再発見し、新しい日本仏教史像を提示する。

G454
万民の法
ジョン・ロールズ
中山竜一訳

「公正としての正義」の構想を世界に広げ、平和と正義に満ちた国際社会はいかにして実現可能かを追究したロールズ最晩年の主著。

G455
原子・原子核・原子力
―わたしが講義で伝えたかったこと―
山本義隆

原子・原子核について基礎から学び、原子力への理解を深めるための物理入門。予備校での講演に基づきやさしく解説。

G456
ヴァイマル憲法とヒトラー
―戦後民主主義からファシズムへ―
池田浩士

史上最も「民主的」なヴァイマル憲法下で、ヒトラーが合法的に政権を獲得し得たのはなぜなのか。書き下ろしの「後章」を付す。

岩波現代文庫[学術]

G440
私が進化生物学者になった理由
長谷川眞理子

ドリトル先生の大好きな少女がいかにして進化生物学者になったのか。通説の誤りに気づき、独自の道を切り拓いた人生の歩みを語る。巻末に参考文献一覧付き。

G441
愛について
―アイデンティティと欲望の政治学―
竹村和子

物語を攪乱し、語りえぬものに声を与える。精緻な理論でフェミニズム批評をリードしつづけた著者の代表作、待望の文庫化。〈解説〉新田啓子

G442
宝塚
―変容を続ける「日本モダニズム」―
川崎賢子

百年の歴史を誇る宝塚歌劇団。その魅力を掘り下げ、宝塚の新世紀を展望する。底本を大幅に増補・改訂した宝塚論の決定版。

G443
新版 ナショナリズムの狭間から
―「慰安婦」問題とフェミニズムの課題―
山下英愛

性差別的な社会構造における女性人権問題として、現代の性暴力被害につづく側面を持つ「慰安婦」問題理解の手がかりとなる一冊。

G444
夢・神話・物語と日本人
―エラノス会議講演録―
河合隼雄
河合俊雄訳

河合隼雄が、日本の夢・神話・物語などをもとに日本人の心性を解き明かした講演の記録。著者の代表作に結実する思想のエッセンスが凝縮した一冊。〈解説〉河合俊雄

2023. 10

岩波現代文庫[学術]

G430
被差別部落認識の歴史
―異化と同化の間―
黒川みどり

差別する側、差別を受ける側の双方は部落差別をどのように認識してきたのか――明治から現代に至る軌跡をたどった初めての通史。

G431
文化としての科学/技術
村上陽一郎

近現代に大きく変貌した科学/技術。その質的な変遷を科学史の泰斗がわかりやすく解説、望ましい科学研究や教育のあり方を提言する。

G432
方法としての史学史
―歴史論集1―
成田龍一

歴史学は「なにを」「いかに」論じてきたのか。史学史的な視点から、歴史学のアイデンティティを確認し、可能性を問い直す。現代文庫オリジナル版。〈解説〉戸邉秀明

G433
〈戦後知〉を歴史化する
―歴史論集2―
成田龍一

〈戦後知〉を体現する文学・思想の読解を通じて、歴史学を専門知の閉域から解き放つ試み。現代文庫オリジナル版。〈解説〉戸邉秀明

G434
危機の時代の歴史学のために
―歴史論集3―
成田龍一

時代の危機に立ち向かいながら、自己変革を続ける歴史学。その社会との関係を改めて問い直す「歴史批評」を集成する。〈解説〉戸邉秀明

2023. 10

G425
岡本太郎の見た日本
赤坂憲雄

東北、沖縄、そして韓国へ。旅する太郎が見出した日本とは。その道行きを鮮やかに読み解き、思想家としての本質に迫る。

G426
政治と複数性
―民主的な公共性にむけて―
齋藤純一

「余計者」を見棄てようとする脱‐実在化の暴力に抗し、一人ひとりの現われを保障する。開かれた社会統合の可能性を探究する書。

G427
増補 エル・チチョンの怒り
―メキシコ近代とインディオの村―
清水透

メキシコ南端のインディオの村に生きる人びとにとって、国家とは、近代とは何だったのか。近現代メキシコの激動をマヤの末裔たちの視点に寄り添いながら描き出す。

G428
哲おじさんと学くん
―世の中では隠されているいちばん大切なことについて―
永井均

自分は今、なぜこの世に存在しているのか？友だちや先生にわかってもらえない学くんの疑問に哲おじさんが答え、哲学的議論へと発展していく、対話形式の哲学入門。

G429
マインド・タイム
―脳と意識の時間―
ベンジャミン・リベット
下條信輔
安納令奈 訳

実験に裏づけられた驚愕の発見を提示し、脳と心や意識をめぐる深い洞察を展開する。脳神経科学の歴史に残る研究をまとめた一冊。〈解説〉下條信輔

G419
新編 つぶやきの政治思想
李静和
秘められた悲しみにまなざしを向け、声にならないつぶやきに耳を澄ます。記憶と忘却、証言と沈黙、ともに生きることをめぐるエッセイ集。鵜飼哲・金石範・崎山多美の応答も。

G420-421
ロールズ 政治哲学史講義(I・II)
ジョン・ロールズ
サミュエル・フリーマン編
齋藤純一ほか訳
ロールズがハーバードで行ってきた「近代政治哲学」講座の講義録。リベラリズムの伝統をつくった八人の理論家について論じる。

G422
企業中心社会を超えて
―現代日本を〈ジェンダー〉で読む―
大沢真理
長時間労働、過労死、福祉の貧困……。大企業中心の社会が作り出す歪みと痛みをジェンダーの視点から捉え直した先駆的著作。

G423
増補 「戦争経験」の戦後史
―語られた体験/証言/記憶―
成田龍一
社会状況に応じて変容してゆく戦争についての語り。その変遷を通して、戦後日本社会の特質を浮き彫りにする。〈解説〉平野啓一郎

G424
定本 酒呑童子の誕生
―もうひとつの日本文化―
髙橋昌明
酒呑童子は都に疫病をはやらすケガレた疫鬼だった――緻密な考証と大胆な推論によって物語の成り立ちを解き明かす。〈解説〉永井路子

2023.10

G414
『キング』の時代
―国民大衆雑誌の公共性―
佐藤卓己

伝説的雑誌『キング』――この国民大衆誌を分析し、「雑誌王」と「講談社文化」が果たした役割を解き明かした雄編がついに文庫化。〈解説〉與那覇潤

G415
近代家族の成立と終焉 新版
上野千鶴子

ファミリィ・アイデンティティの視点から家族の現実を浮き彫りにし、家族が家族であるための条件を追究した名著、待望の文庫化。「戦後批評の正嫡 江藤淳」他を新たに収録。

G416
兵士たちの戦後史
―戦後日本社会を支えた人びと―
吉田裕

戦友会に集う者、黙して往時を語らない者……戦後日本の政治文化を支えた人びとの意識のありようを「兵士たちの戦後」の中にさぐる。〈解説〉大串潤児

G417
貨幣システムの世界史
黒田明伸

貨幣の価値は一定であるという我々の常識に反する、貨幣の価値が多元的であるという事例は、歴史上、事欠かない。謎に満ちた貨幣現象を根本から問い直す。

G418
公正としての正義 再説
ジョン・ロールズ
エリン・ケリー編
田中成明
亀本洋
平井亮輔 訳

『正義論』で有名な著者が自らの理論的到達点を、批判にも応えつつ簡潔に示した好著。文庫版には「訳者解説」を付す。

岩波現代文庫[学術]

G409
普遍の再生
―リベラリズムの現代世界論―
井上達夫

平和・人権などの普遍的原理は、米国の自国中心主義や欧州の排他的ナショナリズムにより、いまや危機に瀕している。ラディカルなリベラリズムの立場から普遍再生の道を説く。

G410
人権としての教育
堀尾輝久

『人権としての教育』(一九九一年)に「国民の教育権と教育の自由」論再考」と「憲法と新・旧教育基本法」を追補。その理論の新しさを提示する。〈解説〉世取山洋介

G411
増補版 民衆の教育経験
―戦前・戦中の子どもたち―
大門正克

子どもが教育を受容してゆく過程を、国民国家による統合と、民衆による捉え返しとの間の反復関係(教育経験)として捉え直す。〈解説〉安田常雄・沢山美果子

G412
「鎖国」を見直す
荒野泰典

江戸時代の日本は「鎖国」ではなく「四つの口」で世界につながり、開かれていた――「海禁・華夷秩序」論のエッセンスをまとめる。

G413
哲学の起源
柄谷行人

アテネの直接民主制は、古代イオニアのイソノミア(無支配)再建の企てであった。社会構成体の歴史を刷新する野心的試み。

2023.10

岩波現代文庫創刊二〇年に際して

二一世紀が始まってからすでに二〇年が経とうとしています。この間のグローバル化の急激な進行は世界のあり方を大きく変えました。世界規模で経済や情報の結びつきが強まるとともに、国境を越えた人の移動は日常の光景となり、今やどこに住んでいても、私たちの暮らしは世界中の様々な出来事と無関係ではいられません。しかし、グローバル化の中で否応なくもたらされる「他者」との出会いや交流は、新たな文化や価値観だけではなく、摩擦や衝突、そしてしばしば憎悪までをも生み出しています。グローバル化にともなう副作用は、その恩恵を遥かにこえていると言わざるを得ません。

今私たちに求められているのは、国内、国外にかかわらず、異なる歴史や経験、文化を持つ「他者」と向き合い、よりよい関係を結び直してゆくための想像力、構想力ではないでしょうか。

新世紀の到来を目前にした二〇〇〇年一月に創刊された岩波現代文庫は、この二〇年を通して、哲学や歴史、経済、自然科学から、小説やエッセイ、ルポルタージュにいたるまで幅広いジャンルの書目を刊行してきました。一〇〇〇点を超える書目には、人類が直面してきた様々な課題と、試行錯誤の営みが刻まれています。読書を通した過去の「他者」との出会いから得られる知識や経験は、私たちがよりよい社会を作り上げてゆくために大きな示唆を与えてくれるはずです。

一冊の本が世界を変える大きな力を持つことを信じ、岩波現代文庫はこれからもさらなるラインナップの充実をめざしてゆきます。

（二〇二〇年一月）

〈物語と日本人の心〉コレクションⅡ
物語を生きる―今は昔，昔は今

2016年 8月17日 第1刷発行
2023年10月16日 第2刷発行

著 者 河合隼雄（かわいはやお）

編 者 河合俊雄（かわいとしお）

発行者 坂本政謙

発行所 株式会社 岩波書店
〒101-8002 東京都千代田区一ツ橋 2-5-5

案内 03-5210-4000 営業部 03-5210-4111
https://www.iwanami.co.jp/

印刷・精興社 製本・中永製本

ISBN 978-4-00-600345-6 Printed in Japan

索　引

あ 行

か 行

さ 行

た 行

な 行

は 行

ま 行

や 行

ら 行

わ 行